손 도 끼

손도끼

게리 폴슨 지음 | 김민석 옮김

1

　브라이언 로브슨은 지루하게 이어지는 캐나다의 북부 삼림 지대를 내려다보았다. 브라이언이 티고 있는 소형 비행기는 변경 지방을 운항하는 세스나 406 기종이었는데, 엔진 소리가 어찌나 요란한지 제대로 이야기를 나눌 수조차 없었다.

　그렇다고 할 이야기가 많은 건 아니었다. 열세 살 소년 브라이언은 비행기에 타고 있는 유일한 승객이었다. 사십대 중반으로 보이는 조종사는 이륙 준비를 하면서부터 굳게 입을 다물었다. 브라이언이 뉴욕 주 햄프턴의 작은 공항에 도착한 이후로 조종사가 건넨 말은 단 한마디였다.

　"부조종석에 앉아라."

　브라이언이 부조종석에 앉자 비행기는 곧바로 이륙했다.

　브라이언은 가슴이 설레었다. 단발기*에 타 보는 것도, 부조

---

*단발기 : 기관을 하나만 장착한 비행기.

종석에 앉아 보는 것도 처음이었다. 활주로를 날아오른 비행기가 기류를 타며 고도를 높이자, 기수가 올라가며 바로 눈앞에 조종 장치와 계기들이 보였다. 모든 게 신기하기만 했다. 하지만 5분이 지나자 비행기는 1.8킬로미터 상공에서 수평을 유지한 채 북서쪽으로 지루한 비행을 계속했다. 조종사는 묵묵히 앞쪽을 바라보았고, 윙윙거리는 엔진 소리만 비행기 안을 맴돌았다. 지평선까지 이어진 푸른 나무들 사이로 호수와 늪, 꾸불꾸불한 개울과 강이 보였다.

엔진 소리를 들으며 창 밖을 보던 브라이언은 비행기를 타게 된 이유를 골똘히 생각했다. 생각은 항상 한마디의 말로 시작되었다.

'이혼. 기분 나쁜 말이야. 그 말만 생각하면 가슴이 아파. 말다툼과 고함, 변호사의 얼굴도 떠오르고. 변호사들은 너무해. 알아듣기 힘든 법률 용어를 들먹이며 단란했던 우리 가족이 뿔뿔이 흩어질 모습을 열심히 떠들어 댔어. 그것도 웃으면서 말이야. 이혼이란 말을 생각하면 그 비밀이 꼬리를 물고 떠올라. 아직 아무한테도 말하지 않은, 엄마와 아빠를 갈라서게 만든 바로 그 비밀.'

브라이언은 눈시울이 뜨거워졌다. 금방이라도 눈물이 주르륵 흘러내릴 것만 같았다. 전에는 이혼한 부모님을 생각하며 흐느껴 울기도 했지만, 그건 이미 지난 일이었다. 눈물이 글썽거렸지만 끝내 울음을 터뜨리지는 않았다. 손으로 눈물을 훔치며 곁눈질로 조종사를 살폈다.

건장한 체격의 조종사는 조종간에 가볍게 손을 올려놓고 방향타 페달에 발을 얹은 채 조종석을 지키고 있었다. 묵묵히 앉아 있는 조종사는 사람이라기보다는 비행기에 연결된 기계처럼 보였다. 브라이언은 조종사 앞쪽 계기반에서 깜박거리며 흔들리는 다이얼, 스위치, 계량기, 손잡이, 레버, 크랭크*, 핸들, 조명 따위를 보았지만 그것들이 무엇을 나타내는지는 알 수 없었다. 물론 비행기의 일부분처럼 보이는 조종사가 무슨 생각을 하고 있는지도 알 수 없었다.

브라이언과 눈이 마주친 조종사가 웃으며 말을 건넸다.

"부조종석에 타 본 적 있니?"

조종사가 몸을 뒤로 젖히며 오른쪽 귀에 썼던 헤드폰을 벗어 관자놀이에 걸쳤다. 조종사는 시끄러운 엔진 소리 때문에 고함을 지르며 말했다.

브라이언은 고개를 저었다. 영화나 텔레비전에서 비행기의 조종실을 본 적은 있지만, 직접 타 보는 건 처음이었다. 브라이언은 시끄러운 엔진 소리에 어리둥절하기만 했다.

"처음이에요."

"보기보단 간단해. 이렇게 성능이 좋은 비행기는 혼자서 날

---

*크랭크 : 왕복 운동을 회전 운동으로 바꾸거나 그 반대의 일을 하는 기계 장치.

아간다고 해도 과언이 아니지."

조종사가 어깨를 움츠리며 말했다.

"좀 도와 줄래?"

조종사가 브라이언의 왼팔을 잡았다.

"자, 여기. 손을 조종간에 올려놓고 발은 방향타 페달 위에. 보기보다 간단하다고 말한 이유를 금방 알게 될 거야."

브라이언이 고개를 저었다.

"안 하는 게 낫겠어요."

"아냐. 한번 해 보는 거야."

브라이언이 팔을 뻗어 조종간을 잡았다. 조종간을 잡은 손가락에 얼마나 힘을 주었는지 손가락 마디가 하얗게 될 정도였다. 브라이언이 페달을 밟자 갑자기 비행기가 오른쪽으로 기울어졌다.

"아니, 너무 꽉 잡았잖아. 부드럽게, 부드럽게 잡아야지."

브라이언이 손에서 힘을 조금 뺐다. 조종간과 페달을 통해 비행기의 진동이 느껴지자 조금 전 눈시울을 붉게 했던 일이 까맣게 잊혀졌다. 비행기는 마치 살아 있는 것 같았다.

"이것 봐라."

조종사는 조종간과 페달에서 자신의 손과 발을 들어올려 브라이언이 혼자서 조종하고 있다는 걸 보여 주었다.

"간단하지? 자, 이제 조종간을 오른쪽으로 조금 돌리고 오른쪽 방향타 페달을 살짝 밟는 거야."

8

브라이언이 조종간을 조금 돌리자 비행기는 곧 오른쪽으로 기울어졌고, 오른쪽 방향타 페달을 밟자 비행기가 지평선을 오른쪽으로 비끼며 미끄러졌다. 브라이언이 페달에서 발을 떼고 조종간을 똑바로 하자 비행기는 다시 수평이 되었다.

"자, 이제 반대로 하는 거야. 조종간을 왼쪽으로 조금만 돌려 봐."

브라이언이 조종간을 왼쪽으로 돌리고 왼쪽 페달을 밟자, 비행기가 처음 위치로 돌아왔다.

"여기까지는 쉽네요."

브라이언의 얼굴에 웃음이 번졌다.

"배우기만 하면 비행기 조종은 쉬워. 다른 것들도 그렇잖아? 뭐든지 일단 배우고 나면 쉬운 법이지."

다시 조종간을 잡은 조종사가 팔을 들어올려 자신의 왼쪽 어깨를 주물렀다.

"쑤시고 결리고……. 나이는 못 속여."

조종사가 조종간에 손을 올려놓자, 브라이언은 조종간에서 손을 떼고 페달에서 발을 들어올렸다.

"고맙습니다……."

하지만 조종사가 헤드폰을 쓰는 바람에 브라이언이 한 말은 시끄러운 엔진 소리에 묻혀 버렸다. 브라이언은 다시 창 밖으로 눈을 돌려 광활하게 펼쳐지는 나무와 호수 들을 바라보았다. 눈시울이 뜨거워지지는 않았지만 다시 기억에 잠겼다.

'이혼, 비밀, 말다툼, 별거.'

아버지는 브라이언이 알고 있는 비밀을 눈치채지 못했다. 아버지는 그저 아내가 이혼을 원한다는 사실만 알고 있을 뿐이었다. 별거는 얼마 지나지 않아 이혼으로 이어졌다.

법원은 브라이언이 어머니와 지내도록 판결을 내렸다. 판사는 법률이 정하는 '방문권'에 따라 여름 방학 동안에는 브라이언이 아버지를 만날 수 있다는 말을 덧붙였다. 모든 게 형식적이었다. 브라이언은 변호사들 못지않게 판사들도 미웠다. 판사들은 높은 의자에 몸을 기댄 채 브라이언에게 어디서 살아야 하고, 왜 그래야 하는지 이해하느냐고 물었다. 판사들은 브라이언에게 닥친 일을 제대로 이해하지 못했다. 알아들을 수 없는 법률 용어를 들먹이는 변호사들도, 근심스러운 얼굴로 쳐다보는 판사들도 아무런 의미가 없었다.

"여름 방학 동안은 아버지와 지내고, 학기 중에는 어머니와 살아야 한다."

책상의 서류들을 훑어보고 변호사들의 진술을 들은 판사가 마지막으로 한 말이었다.

비행기가 오른쪽으로 조금 기울어졌다. 브라이언이 조종사를 쳐다보았을 때, 그는 다시 어깨를 주무르고 있었다. 갑자기 방귀 냄새가 났다. 브라이언은 조종사가 민망해할까 봐 고개를 돌렸다.

이혼 판결은 한 달 전에 났다. 이번 여름은 판사가 말한 '방문권'에 따라 아버지와 지낼 수 있는 첫 번째 여름이었다. 브라이언은 아버지가 있는 북쪽으로 가고 있었다.

브라이언의 아버지는 석유 시추*를 할 때 쓰는 드릴 비트를 설계하거나 개발하는 기사인데, 수목선 위쪽에 있는 캐나다 유전에서 일하고 있었다.

아버지에게 전달하기 위해 브라이언이 뉴욕에서 가져온 시추 장비는 비행기 뒤쪽에 줄로 묶여 있었다. 장비 옆에는 조종사가 생존 가방이라고 말한 직물 가방이 있었다. 생존 가방 안에는 비상 착륙 했을 때 필요한 비상 물품들이 들어 있다고 했다. 브라이언은 비상 물품들이 도시에서 특별히 만들어졌을 거라고 생각했다.

브라이언에게 직접 비행기를 조종해 보도록 한 걸 보면 조종사는 썩 괜찮은 사람인 것 같았다. 냄새만 빼면 말이다. 계속해서 역겨운 냄새가 났다. 브라이언은 다시 조종사를 쳐다보았다. 조종사는 자신의 왼쪽 어깨와 팔을 주물렀다. 몸을 움츠리며 방귀를 뀌기도 했다. 속이 안 좋은 게 틀림없었다.

어머니는 차를 몰아 브라이언과 시추 장비를 싣고 캐나다 유전으로 돌아갈 비행기가 기다리고 있는 햄프턴으로 향했다. 집

---

*시추 : 광물을 탐사하거나 지질·기반 따위를 조사하기 위해 땅 속 깊이 구멍을 파 보는 일.

을 떠나 공항에 도착할 때까지 두 시간 반이 걸렸다. 브라이언은 입을 굳게 다문 채 어머니에게 눈길 한 번 주지 않고 줄곧 창 밖만 내다보았다.

한 시간쯤 지나 도시를 빠져 나왔을 때, 어머니가 브라이언 쪽으로 고개를 돌렸다.

"아무 말도 안 할 거니? 끝까지 꿀 먹은 벙어리처럼 앉아 있을 거야? 불만이 뭔지 말해야 엄마가 알지."

하지만 브라이언은 여전히 입을 굳게 다물고 있었다.

'이혼, 별거, 비밀……. 내가 알고 있는 사실을 어떻게 엄마한테 털어놓겠어?'

브라이언은 고개를 저으며 시골 풍경을 멍하니 쳐다볼 뿐이었다. 어머니는 햄프턴에 다 와서야 의자 뒤에서 종이 가방을 꺼내며 겨우 입을 열었다.

"줄 게 있어. 여행 선물이야."

브라이언이 종이 가방을 열어 보니 고무 손잡이가 달린 손도끼가 있었다. 손도끼는 허리띠 고리가 달린 가죽 케이스 안에 들어 있었다.

"허리띠에 맞을 거야."

어머니는 길가에 서 있는 농장 트럭들을 피하느라 브라이언을 쳐다보지 않은 채 말했다.

"점원 말로는 네 나이 또래 애들도 쓸 수 있을 거래. 있잖아, 숲 속에서 네 아버지랑 말이야."

'아빠야. 아버지가 아니라 아빠란 말이야!'

브라이언은 아버지를 떠올리며 마음 속으로 외쳤다.

"고마워, 엄마. 정말 근사해."

하지만 브라이언이 한 말은 자기 귀에도 공허하게 들렸다.

"지금 차 보지 않을래? 허리에 찬 모습 좀 보게."

다른 때 같았으면 싫다고 했을 것이다. 허리띠에 손도끼를 차면 하키 막대를 찬 것처럼 보일 거라며 싫다고 했을 것이다. 브라이언은 그렇게 말하고 싶었다. 하지만 어머니의 목소리엔 힘이 없었다. 브라이언이 건드리면 금방이라도 무너져 버릴 것처럼 가냘프게 들렸다. 비밀을 생각하면 어머니가 미워서 견딜 수 없었지만, 아무 말도 안 하고 있는 게 마음에 걸렸다. 브라이언은 허리띠를 풀어 손도끼를 끼워 넣고는 다시 허리띠를 채웠다.

"좀 돌아 봐라."

브라이언은 우습다는 생각을 하며 앉은 채로 몸을 돌렸다.

어머니가 고개를 끄덕이며 말했다.

"척후병 같구나. 우리 귀여운 척후병."

어머니의 목소리는 부드러웠다. 언젠가 감기에 걸려 누워 있는 브라이언의 이마에 어머니가 손을 얹었을 때 느꼈던 부드러움이었다. 눈시울이 뜨거워진 브라이언은 몸을 돌려 창 밖을 내다보았다.

브라이언은 공항에 도착할 때까지 허리띠에 손도끼를 차고 있다는 걸 까맣게 잊고 있었다. 작은 공항에서 출발하는 변경 비행이어서 공항에는 보안 시설이 없었다. 또 공항에 도착했을 때 조종사는 비행기의 시동을 걸어 놓은 채 브라이언을 기다리고 있었다. 브라이언은 손도끼를 풀어 놓을 틈도 없이 여행 가방과 배낭을 움켜쥐고 비행기로 달려갔다.

브라이언은 허리띠에 차고 있는 손도끼를 발견하고 어쩔 줄 몰라했다. 하지만 조종사는 손도끼를 보고도 아무 말이 없었다. 브라이언도 비행기가 이륙하자 손도끼를 차고 있다는 걸 잊어버렸다.

역겨운 냄새가 더욱 심해졌다. 브라이언은 다시 조종사를 힐끗 보았다. 조종사는 배 위에 두 손을 얹은 채 얼굴을 찡그렸다. 브라이언이 쳐다보자 조종사는 자신의 왼쪽 어깨로 다시 손을 뻗었다.

"꼬마야, 넌 모를 거야……."

조종사의 목소리는 잔뜩 잠겨 거의 알아들을 수 없었다.

"여기가 지독하게 아프단다. 지독하게 아파. 뭘 잘못 먹어서 배가 아픈 줄로만 알았는데……."

조종사는 고통스러운지 말을 멈췄다. 옆에서 지켜보던 브라이언도 조종사가 겪는 고통이 얼마나 심한지 짐작할 수 있을 정도였다. 조종사는 잔뜩 일그러진 얼굴로 의자에 등을 기댔다.

"이렇게 아픈 적은 없었는데……."

조종사는 마이크 코드의 스위치로 팔을 뻗었다. 배에서 뗀 손이 작은 활 모양을 그리며 움직였다. 조종사는 스위치를 두드리듯 누르고 말했다.

"여기는 비행편 46……."

갑자기 망치로 내리치는 듯한 충격이 조종사를 덮쳤다. 조종사는 으스러질 듯 의자에 등을 기댔다. 브라이언은 조종사에게 팔을 뻗었다. 처음에는 조종사가 왜 그러는지 이해할 수 없었다. 하지만 얼마 지나지 않아 그 이유를 알 수 있었다.

조종사의 입이 점점 굳어 갔다. 조종사는 욕지거리를 하며 의자에 몸을 부딪쳤다. 어깨를 부둥켜안은 조종사가 쉰 목소리로 울부짖었다.

"내 가슴! 가슴이 찢어진다고!"

심장마비였다. 언젠가 브라이언이 어머니와 상점가에 갔을 때, 페이즐리* 가게 앞에서 한 남자가 심장마비로 쓰러진 걸 본 적이 있었다. 조종사보다 늙은 그 남자는 바닥에 쓰러져서 가슴이 아프다고 비명을 질렀다.

조종사가 심장마비 때문에 괴로워한다는 걸 알았을 때, 조종사는 한 번 더 의자에 쾅 하고 부딪쳤다. 조종사의 오른쪽 다리가 획 하고 움직이자, 비행기가 갑자기 비틀거리며 한쪽으로 기

*페이즐리(Paisley) : 스코틀랜드 페이즐리 지방에서 만들어진 페이즐리 숄에 자주 사용되는 양모 직물로, 문양이 매우 다양하다.

울어졌다. 앞쪽으로 고개를 떨군 조종사의 입에서 침이 흘러내렸다. 조종사의 다리는 오므라들어 의자 위까지 올라갔다. 그리고 눈이 뒤집히더니 나중에는 흰자위만 남았다.

냄새가 더 심해졌다. 조종사가 쓰러진 건 순식간의 일이었다. 도대체 무슨 일이 일어났는지 정신을 차릴 수가 없었다.

조종사는 조금 전까지만 해도 아프다고 투덜거렸다. 조종사는 분명히 말을 하고 있었다.

브라이언은 단조롭게 되풀이되는 엔진 소리를 들으며 주위가 이상하게 조용하다는 것과 자신이 혼자 남았다는 걸 깨달았다. 브라이언은 아무 생각도 할 수 없었다.

브라이언은 자신이 보고 느낀 것들을 곰곰이 생각해 볼 여유가 없었다. 모든 게 멈췄다. 너무나 두려운 나머지 숨을 쉬거나 생각하는 것조차 힘들었다. 심장이 거의 멎어 버릴 지경이었다.

잠시 뒤, 브라이언은 자신이 처한 상황을 깨달았지만 아무것도 할 수 없었다. 그저 이 모든 게 꿈이기만을 간절히 바랄 뿐이었다.

브라이언은 시끄러운 엔진 소리를 들으며 부조종석에 앉아 있었다. 비행기는 북부 삼림 지대 2킬로미터 상공을 날고 있었다.

브라이언은 혼자였다. 조종사는 심장마비로 쓰러졌고, 엔진 소리만 요란한 비행기에 남은 사람은 브라이언뿐이었다.

2

브라이언은 정신을 차리지 못하고 그저 멍하니 앉아 있었다.
무슨 일이 벌어졌는지 알아차리고도 손가락 하나 까딱할 수 없
었다. 팔에 무거운 납덩이를 매달아 놓은 것처럼 몸을 움직일
수 없었다.

브라이언은 아무 일도 일어나지 않았기를 바랄 뿐이었다.

'그냥 잠들어 있는 거야. 잠시 잠든 것뿐이라고. 아저씨는 금
방 눈을 뜰 거야. 다시 손을 뻗어 조종간을 잡고 페달에 발을
올려놓을 거야.'

하지만 브라이언이 바라는 대로 되지는 않았다.

비행기가 난류에 부딪칠 때 조종사의 머리가 목에서 떨어질
듯 대롱거리며 흔들렸을 뿐 조종사는 꼼짝도 하지 않았다.

어쨌든 비행기는 날고 있었다. 거의 1분이 지났지만 비행기
는 아무 일도 없었다는 듯이 날았다. 브라이언은 무슨 일이든
해야 한다고 생각했다. 하지만 무얼 해야 할지 몰랐다.

브라이언은 조종사가 정신을 차리도록 도와 주어야 했다. 조종사에게 손을 뻗었다. 손가락이 부들부들 떨렸지만 용기를 내어 조종사의 가슴에 손을 갖다 댔다. 심폐 소생술 절차가 있다는 건 알았지만, 어떻게 하는지는 몰랐다. 방법을 안다고 해도 안전 벨트에 묶여 있는 조종사에게 심폐 소생술을 시도할 수는 없었다. 할 수 없이 손가락 끝으로 조종사의 가슴을 만졌다. 아무것도 느낄 수 없었다. 심장도 뛰지 않았고, 숨을 쉴 때 가슴이 부풀었다 가라앉는 현상도 없었다. 조종사는 죽은 게 틀림없었다.

"제발, 제발……."

브라이언은 옆에 있는 사람에게 도움을 청하듯 중얼거렸다.

비행기가 난류에 부딪치며 다시 기울어졌다. 급강하한 건 아니었지만 기수가 조금 떨어졌다. 기울어진 비행기의 속도가 빨라졌다. 브라이언은 지금의 상태라면 결국 나무 위로 떨어지고 말 거라고 생각했다. 조금 전까지만 해도 앞 유리창에는 하늘만 보였다. 하지만 지금은 지평선 앞쪽으로 나무들이 보였다.

어쨌든 비행기를 조종해야 했다. 브라이언을 도와 줄 사람은 아무도 없었다. 조종사를 위해 할 수 있는 일은 아무것도 없었다. 어떻게든 비행기를 조종해야만 했다.

앞을 향해 자세를 고쳐 앉은 브라이언은 떨리는 손으로 조종간을 잡고 방향타 페달에 살며시 발을 올려놓았다. 비행기의 고도를 높이기 위해선 조종간을 잡아당겨야 한다는 걸 어디선

가 읽은 적이 있었다. 조종간을 잡아당기는 건 쉬웠다. 기울어
진 채 속력을 내던 비행기가 갑자기 위로 솟구쳤다. 그 바람에
브라이언의 배가 꺼질 듯이 가라앉았다. 조종간을 밀자 기수가
지평선 아래로 떨어졌다. 비행기는 다시 추락하며 속력을 냈다.

'너무 많이 밀었어!'

다시 조종간을 부드럽게 잡아당기자 기수가 올라갔다. 조종
간을 움직이는 대로 기수가 오르락내리락했다. 마침내 엔진 덮
개의 앞쪽이 고정되었다. 브라이언은 엔진 덮개의 앞쪽을 지평
선에 맞추고는 조종간을 그 위치에서 고정했다. 멈췄던 숨을
몰아쉬며 다음에 할 일을 생각했다.

화창한 날이었다. 마을이 있는지 찾아보려고 창 밖을 내려다
보았지만 아무것도 보이지 않았다. 보이는 거라곤 점점 더 짙
게 사방으로 흩어지는 푸른 나무와 호수뿐이었다.

'도대체 어디로 가고 있는 거지?'

브라이언은 대시보드로 눈을 돌려 다이얼들을 유심히 살폈
다. 나침반과 같이 도움이 될 만한 계기를 찾으려 했지만, 숫자
와 조명 들로 뒤섞인 대시보드는 복잡하기만 했다. 대시보드 위
쪽 가운데 있는 조명 내장 디스플레이에는 342라는 숫자가 깜
박거렸고, 그 옆에 있는 디스플레이에는 22라는 숫자가 깜박거
렸다. 아래쪽에는 눈금이 달린 다이얼이 있었는데, 날개가 기
울어지거나 움직이는 걸 나타내는 것 같았다. 브라이언은 바늘
로 70을 가리키는 다이얼이 고도계일 거라고 생각했다. 어디선

가 고도계에 관해 읽은 적이 있었지만, 자세한 건 생각나지 않았다.

고도계 왼쪽 아래에서 조명 내장 다이얼과 두 개의 손잡이가 달린 작은 직사각형 패널을 찾았다. 두세 번 지나치고 나서야 패널 위에 있는 작은 글씨를 발견했다. 브라이언은 금속판 위에 찍힌 '송신기 221'이라는 글씨를 보며 이 장치가 무전기일 거라고 생각했다.

'조종사가 충격을 받아 쓰러졌을 때 무전기를 작동하려고 했어.'

브라이언은 조종사를 쳐나보았다. 조종사가 의자에 부딪치면서 헤드폰이 옆으로 조금 돌아가긴 했지만, 헤드폰은 아직 조종사의 머리에 있었다. 그리고 마이크 스위치는 조종사의 허리띠에 끼여 있었다.

조종사의 머리에서 헤드폰을 벗겨야 했다. 손을 뻗어 헤드폰을 벗겨 내지 않으면 무전기로 도움을 청할 수 없었다. 브라이언은 손을 뻗어야만 했다…….

다시 브라이언의 손이 떨리기 시작했다. 조종사의 몸에 손을 대기 싫어 한참을 망설였다. 하지만 누군가에게 도움을 청하기 위해선 손을 뻗어 조종사의 몸에 있는 헤드폰과 마이크 스위치를 빼내야만 했다. 브라이언은 조종간에서 살짝 손을 뗐다. 비행기가 움직이는 걸 지켜보며 손을 멈춘 채 잠시 기다렸다. 비행기는 부드럽게 날았다.

'좋아, 지금이야. 지금 헤드폰을 벗기는 거야.'

브라이언은 몸을 돌려 헤드폰으로 손을 뻗었다. 기수가 갑자기 떨어지는 경우를 대비하여 곁눈으로 비행기를 살피며 조종사의 머리에서 헤드폰을 벗겼다. 헤드폰은 쉽게 벗겨졌다. 하지만 조종사의 허리띠에 끼어 있는 마이크 스위치는 힘껏 잡아당겨야 했다. 마이크 스위치를 잡아당길 때 조종간이 브라이언의 팔꿈치에 부딪쳐 앞으로 밀렸다. 비행기가 갑자기 추락하기 시작했다. 브라이언은 당황하여 조종간을 힘껏 잡아당겼다. 잠시 뒤, 급강하와 급상승을 반복하던 비행기가 겨우 안정을 되찾았다.

브라이언이 다시 한 번 마이크 스위치를 잡아당기자 마침내 조종사의 허리띠에서 스위치가 빠져 나왔다. 헤드폰을 머리에 쓰고 입 앞에 소형 마이크 튜브를 설치하는 데 1, 2초 가량이 걸렸다. 조종사가 마이크를 사용할 때 허리띠에 있는 스위치를 누르던 게 떠올랐다. 브라이언은 조종사가 했던 것처럼 스위치를 누르고, 마이크에 대고 입김을 불었다.

헤드폰으로 브라이언의 숨소리가 들렸다.

"여보세요! 누구 없어요? 여보세요⋯⋯."

같은 말을 두세 번 반복하고 나서 응답을 기다렸다. 하지만 헤드폰으로 들리는 건 자신의 거친 숨소리뿐이었다.

공포가 엄습했다. 조종사가 심장마비로 쓰러질 때 느꼈던 두려움보다 더 견디기 힘든 공포였다. 브라이언은 마이크에 대고 몇 번이고 비명을 질렀다.

"도와 주세요! 좀 도와 주세요! 난 지금 비행기에 있고, 아무 것도 모른단 말이에요……. 모른다고요……. 아무것도 모르겠 다구요……."

브라이언은 울부짖으며 손으로 조종간을 쾅 하고 내리쳤다. 조종간이 갑자기 획 하고 내려갔다가 다시 올라왔다. 하지만 헤 드폰에선 자신이 흐느껴 우는 소리만 들렸다.

불현듯 무전기에 관한 기억이 떠올랐다. 언젠가 삼촌의 픽업 트럭에 있는 휴대용 무전기를 써 본 적이 있었다. 다른 사람이 하는 말을 들으려면 마이크 스위치를 꺼야 했다. 브라이언은 허 리띠로 손을 뻗어 스위치를 껐다.

몇 초 동안 브라이언이 들을 수 있는 소리라곤 텅 빈 공기를 타고 전해지는 '쉬' 하는 소리뿐이었다. 잠시 뒤, 소음 사이로 목소리가 들렸다.

"이 무전망으로 송신하는 사람이 누구든지 간에, 반복한다, 마이크 스위치를 꺼라. 당신이 내 송신을 방해하고 있다. 당신 이 내 송신을 방해하고 있다. 오버."

브라이언이 마이크 스위치를 눌렀다.

"들려요. 당신이 하는 말이 들려요. 나예요!"

브라이언이 스위치를 껐다.

"알았다. 들린다."

희미한 목소리는 중간에서 자꾸 끊겼다.

"문제와 현재 위치를 말하라. 그리고 교신을 끝낼 때는 '오버'라고 말하라. 오버."

"나는 조종사와 있는데, 조종사는 심장마비로 쓰러졌어요. 조종사는…… 조종사는 비행기를 조종할 수 없어요. 그리고 나는 조종할 줄 모른단 말이에요. 좀 도와 주세요. 제발 도와 주세요……."

브라이언이 무전을 끝내면서 '오버'라는 말을 하지 않아 상대편이 망설이는 것 같았다.

"신호가 중간에서 끊긴다. 당신이 한 말을 제대로 듣지 못했다. 내가 이해한 바로는…… 조종사…… 당신은 조종할 줄 모른다. 맞는가? 오버."

브라이언은 상대방이 하는 말을 거의 알아들을 수 없었다. 쉿쉿거리는 소리와 지지직거리는 소음만 들렸다.

"맞아요. 나는 조종할 줄 몰라요. 비행기가 지금은 날고 있지만, 얼마나 더 날 수 있을지 모르겠어요. 오버."

"……신호가 잡히지 않는다. 현재 위치를 말하라. 비행편 번호…… 위치…… 버."

"난 비행편 번호도, 위치도 몰라요. 난 아무것도 몰라요. 이미 말했잖아요. 오버."

답신은 없었다. 한 번은 소음이 끊기고 말소리가 들린다고 생각했지만 그냥 소음일 수도 있었다. 2분, 3분, 10분……. 비행기가 요란한 소리를 냈다. 브라이언은 헤드폰에 귀를 기울이며 답신을 기다렸다. 아무 소리도 들리지 않았다. 다시 스위치를 눌렀다.

"비행편 번호를 몰라요. 내 이름은 브라이언 로브슨이고 아버지를 만나려고 뉴욕 주 햄프턴을 떠나 캐나다 유전으로 가고 있었어요. 난 비행기를 조종할 줄 모르고, 조종사는……."

브라이언은 마이크에서 손을 뗐다. 목소리가 잠기면서 금방이라도 비명을 지를 것만 같았다. 심호흡을 하고 나서 다시 마이크를 잡았다.

"비행기를 조종할 수 있도록 도와 주세요. 제발 응답해 달라고요!"

다시 마이크 스위치를 껐지만 헤드폰으로 들리는 건 '쉬—'하는 소음뿐이었다. 30분 동안 무슨 소리가 들리는지 귀기울여 듣기도 하고 반복해서 도와 달라고 울부짖기도 했지만 소용없었다. 실망한 나머지 헤드폰을 낚아채서 바닥으로 집어 던졌다. 아무런 희망도 보이지 않았다.

'누군가와 연락이 된다고 해도 그 사람이 할 수 있는 게 뭘까? 조심하라고 말하는 것? 아무 희망도 없어.'

브라이언은 다시 다이얼을 살펴보았다. 160이라고 적힌 채 깜박거리는 숫자가 속도를 나타내는 것 같았지만, 단위가 마일인지 킬로미터인지 알 수 없었다. 또 대기를 날아가는 속도를 나타내는지, 지상 위를 달리는 속도를 나타내는지도 알 수 없었다.

책에 적혀 있던 비행에 관한 내용을 떠올렸다. 날개가 어떤 원리로 작동하고 프로펠러가 어떻게 비행기를 하늘로 끌어올리는지에 관한 내용이었다. 하지만 지금으로선 아무 도움도 안 되는 그저 그런 내용이었다.

브라이언을 도와 줄 수 있는 건 아무것도 없었다.

한 시간이 지났다. 브라이언은 결국 또다시 교신을 시도하는 방법밖에 없다는 걸 깨달았다. 헤드폰을 집어 들고 다시 교신을 시도했지만 응답이 없었다.

'감옥에 갇힌 죄수 신세야. 게다가 시속 160마일로 하늘을 날고 있는 감옥 말이야. 이렇게 빨리 날아가는 것으로 봐선 160킬로미터가 아니라 160마일이 틀림없어. 목적지가 어딘지도 모르면서 마지막 순간까지……. 언제까지 날아갈 수 있을까? 연료가 떨어질 때까지일 거야. 연료가 떨어지면 비행기는 지상으로 곤두박질칠 거야. 스로틀*을 잡아당기면 비행기가 당장 추락할 수도 있을 텐데. 조종사가 속도를 높일 때 스로틀을 밀어 넣었어. 스로틀을 잡아당기면 엔진의 회전 속도가 줄어들면서 비행기가 추락할 테지.'

연료가 떨어질 때까지 기다렸다가 추락하거나, 아니면 스로틀을 밀어 넣어 연료가 좀더 빨리 떨어지게 할 수도 있었다. 연

---

*스로틀(throttle) : 엔진의 실린더로 유입되는 연료와 공기의 혼합물을 조절하여 조종사가 원하는 동력을 얻기 위한 조종기.

료가 떨어질 때까지 기다린다면 더 멀리 날아갈 수는 있겠지만, 비행기가 어디로 가고 있는지 모른다는 게 문제였다. 조종사가 쓰러지면서 획 하고 다리를 움직였을 때 비행기 방향이 바뀌었다. 하지만 브라이언은 방향이 얼마나 바뀌었는지 알 수 없었다. 비행기가 원래의 항로로 돌아왔을 수도 있었다. 342를 가리키는 디스플레이는 항로를 아는 데 아무런 소용도 없는 나침반인 것 같았다. 지금 당장 추락하거나 기다리는 것 사이엔 별다른 차이가 없었다.

'현재의 방향을 계속 유지하는 게 잘못하는 건 아닐까? 아냐, 엉뚱한 방향으로 가고 있다고 해도 엔진을 멈추고 지상으로 떨어질 수는 없어. 그래도 지금은 안전하잖아. 적어도 당장 지상으로 떨어지는 것보단 안전해. 어쨌든 비행기는 날고 있고, 나는 이렇게 살아 있어. 엔진을 멈춘다면 모든 게 끝장이야.'

결국 브라이언은 고도를 유지한 채 계속해서 무전기를 작동시켰다. 일정한 규칙도 만들었다. 대시보드에 들어 있는 작은 시계를 보며 10분 간격으로 무전을 보냈다.

"도와 주세요. 내 말 들려요?"

무전을 보내는 사이에 앞으로 벌어질 일을 생각하며 브라이언은 마음을 가다듬었다.

'연료가 떨어지면 비행기가 추락하기 시작할 거야. 그리고 엔진이 멈추면 프로펠러의 견인력이 없어질 테고. 그 때는 기수를 내려 비행기가 계속 날아가도록 해야 돼. 어디서 읽었더라? 갑

26

자기 떠오른 생각인가? 어쨌든 그럴 듯한 생각이야. 기수를 내려 비행 속도를 유지하다가 비행기가 부딪치기 전에 다시 기수를 올려 속도를 최대한 줄이는 거야.'

하강하려면 개활지를 찾아야만 했다. 하지만 숲 위를 날기 시작한 이후로 개활지를 본 적이 없었다. 늪이 있기는 했지만 나무들이 흩어져 있었다. 길도, 오솔길도, 개활지도 없었다.

호수밖에 없었다. 나무 위로 떨어지면 비행기가 산산조각이 날 게 분명했다. 호수로 떨어져야만 했다. 아니, 호수가 아니라 호수의 가장자리였다. 호수 가장자리에 접근해서 비행기가 호수에 곤두박질치기 직전에 속도를 줄여야 했다.

"말하기는 쉬워도 행동하기는 어렵지. 말은 쉬워도 행동은 어려워. 말은 쉬워도 행동은 어려워……."

브라이언이 중얼거리는 말은 어느새 엔진 소리에 장단을 맞춘 노래로 바뀌었다.

'도저히 못 하겠어.'

브라이언은 10분 간격으로 무전을 반복하면서 무엇을 해야 할지 생각했다.

다시 손을 뻗어 조종사의 얼굴을 만졌다. 싸늘하게 식은 조종사의 얼굴은 손가락으로 냉기가 전해질 정도로 차가웠다.

대시보드 쪽으로 고개를 돌린 브라이언은 자신이 할 수 있는 일을 시작했다. 안전 벨트를 죄고, 자세를 고쳐 앉고, 자신이 취할 행동에 대해 되풀이해서 머릿속으로 예행 연습을 했다.

'연료가 떨어지면 가장 가까운 호수를 향해 기수를 내려야지. 호수 위로 비행기를 조종하는 거야. 비행기가 호수에 부딪치기 직전에 조종간을 잡아당겨 비행기의 속도를 줄여야 해. 그래야만 충격을 줄일 수 있을 거야.'

브라이언은 비행기가 추락하기 시작해서 호수 위에 착륙할 때까지의 모습을 마음 속으로 되풀이해서 그렸다.

'연료가 떨어지면 비행기를 호수 위로 조종하고, 그 다음엔 언젠가 텔레비전에서 보았던 장면처럼 불시착하는 거야.'

브라이언은 그 장면을 머릿속에 생생하게 떠올려 보려고 애썼다.

그러나 다음 무전을 보내려고 준비할 때, 갑자기 엔진이 기침을 하듯 쿨룩거렸다. 굉음이 들리는가 싶더니 엔진이 멈췄다. 침묵이 흐르는 가운데 프로펠러 소리만 들렸다. 조종석으로 바람이 지나갔다.

브라이언은 기수를 내리며 눈을 부릅떴다.

3

'이제 죽는 거야. 죽는다고. 죽는단 말이야!'

브라이언은 팔로 입을 훔치면서 기수를 떨어뜨렸다. 비행기는 활상 상태가 되었다. 하지만 속도가 너무 빨라 고도가 순식간에 떨어졌다. 갑자기 호수가 보이지 않았다. 숲 위를 날기 시작하면서 본 건 온통 호수뿐이었는데 감쪽같이 사라져 버렸다.

정면으로 지평선 멀리 호수들이 보였다. 옆쪽으로는 오후의 햇살에 푸른빛으로 반짝이는 호수들도 눈에 띄었다. 하지만 지금 필요한 건 비행기 바로 앞에 보이는 호수였다. 앞 유리창으로 보이는 거라곤 푸른 나무들뿐이었다. 그 위로 떨어지면 산산이 부서져 죽고 말 것이다. 비행기 방향을 바꿔야 한다면 계속 조종할 자신이 없었다. 브라이언은 배가 뒤틀리는 걸 느끼며 짧게 숨을 토했다.

'저기야!'

바로 앞은 아니었지만 약간 오른쪽으로 호수가 보였다. L자

모양에 모서리가 둥근 호수였다. 비행기는 L자 모양 호수의 긴 쪽을 향해 날아가고 있었다. 오른쪽 방향타 페달을 부드럽게 밟자 기수가 올라갔다.

그러나 비행기의 방향을 돌리면서 속도가 줄어들었다. 이제 호수는 기수 위쪽에 있었다. 다시 조종간을 조금 잡아당기자 기수가 올라갔다. 기수를 올리는 동안 속도가 급격하게 줄어들었다. 비행기는 거의 정지한 채 공중에 두둥실 떠 가는 것 같았다. 조종간이 느슨하게 느껴졌다. 불안해진 브라이언이 조종간을 다시 밀자 속도가 조금 빨라졌다. 하지만 앞 유리창이 나무들로 가득 차고, 호수는 기수 위쪽으로 멀어졌다.

잠깐 동안 모든 게 멈춘 것 같았다. 비행기가 날고는 있었지만, 영원히 호수에 닿지 못할 것처럼 천천히 날았다. 옆 창으로 작은 늪과, 늪 가장자리에 서 있는 큰 사슴이 보였다. 비행기가 지상 100미터 높이에서 활강할 때 창으로 모습을 드러낸 늪, 큰 사슴, 나무 들은 모두 정지한 것처럼 보였다. 브라이언은 마치 사진을 보고 있는 듯한 착각이 들었다.

모든 일이 순식간에 벌어졌다. 갑자기 나무의 모습이 속속들이 눈에 들어왔다. 눈앞에 보이는 거라곤 온통 푸른색뿐이었다. 나무와 충돌하여 죽게 될 것만 같았다. 하지만 브라이언에겐 행운이 남아 있었다. 나무에 부딪치려는 순간, 비행기는 앞이 훤히 트인 길로 접어들었다. 쓰러진 나무들 사이로 난 길은 호수까지 이어져 있었다.

비행기가 불시착하면서 바위처럼 넓은 곳으로 떨어졌다. 브라이언은 조종간을 천천히 당겼다. 불시착하는 순간을 생각하며 정신을 집중했다. 하지만 비행기에는 아직 속도가 남아 있었다. 조종간을 잡아당기자 기수가 올라갔다. 브라이언이 푸른 빛 호수를 보았다고 생각하는 순간, 비행기가 나무에 부딪쳤다.

개활지 옆쪽에 있는 소나무에 날개가 부딪치면서 비행기가 심하게 뒤틀렸다. 메인 브레이스* 바로 바깥쪽에 있는 기체 뒷부분이 떨어져 나갔다. 비행기 바닥으로 들어온 흙먼지가 어찌나 심하게 얼굴로 불어 오던지 브라이언은 기체의 한 부분이 폭발한 게 틀림없다고 생각했다. 잠시 앞을 볼 수 없었다. 갑자기 몸이 앞으로 쏠리면서 조종간에 머리를 부딪쳤다.

금속이 부서지는 소리가 들렸다. 비행기는 오른쪽으로 흔들리며 나무들 사이를 통과했다. 호수로 빠져 나온 비행기는 콘크리트처럼 단단한 수면을 스치며 날아갔다. 앞과 옆 유리창으로 밀려든 호숫물이 브라이언을 의자 쪽으로 밀어붙였다. 비행기가 호수로 곤두박질치는 순간, 누군가 비명을 질렀다. 두려움과 고통에 울부짖는 짐승처럼 누군가 정신 없이 소리를 질러 댔다. 하지만 비명을 지르고 있는 건 브라이언 자신이었다. 브라이언은 비행기를 바닥으로 끌어당기는 호수를 향해 소리질렀

*브레이스(brace) : 힘이 많이 전달되는 부분을 지탱하거나 강화시키는 부품.

31

다. 눈앞에 보이는 건 시퍼런 물뿐이었다. 브라이언은 안전 벨트 고리가 풀릴 때까지 계속해서 손톱으로 잡아뜯었다. 호숫물이 브라이언을 한 입에 삼켜 버릴 듯 무서운 기세로 밀려들었다. 산산조각이 난 앞 유리창으로 몸을 빼내려는 순간, 뭔가 뒤에서 브라이언을 잡아당겼다. 잠시 뒤, 윈드브레이커*가 찢어지며 브라이언의 몸이 비행기 밖으로 빠져 나왔다.

하지만 호수 위까지는 아직 한참을 올라가야 했다. 그 때까지 폐가 견뎌 낼 수 없을 것 같았다. 물을 꽤 많이 먹었다. 마침내 호숫물이 브라이언을 삼켜 버릴 것만 같았다.

브라이언은 호수 위로 머리를 내밀고 물을 토해 냈다. 그러고는 무얼 하고 있는지도 모른 채 쉬지 않고 손과 발을 움직였다. 풀과 덤불에 손이 닿을 때까지 비명을 지르며 계속 헤엄쳤다. 가슴이 땅에 닿고 얼굴에 거친 풀잎이 스치는 걸 느끼고 나서야 헤엄치는 걸 멈췄다. 욱신거리는 머릿속에선 한 번도 본 적이 없는 빛깔들이 폭발하듯 흩어졌다. 빛깔들의 폭발에서 튀어나온 브라이언은 소용돌이치며 세상으로 빠져 나왔다. 아무것도 없는 곳으로.

*윈드브레이커(windbreaker) : 보온성이 있고 가벼운 나일론으로 만든 허리까지 오는 재킷. 상표명에서 이름을 따온 방한용 스포츠 재킷으로, 앞쪽에 지퍼를 달고 옷자락 끝이나 소매에 고무줄이나 밴드를 조여서 바람을 막아 준다.

4

가슴 저미는 기억이 떠올랐다.

브라이언은 테리라는 친구와 자전거를 타고 있었다. 두 소년
은 하이킹 코스를 달려 앰버 상점가를 지나게 되는 길로 돌아
오기로 했다.

브라이언은 모든 걸 자세히 기억했다.

상점가에 있던 은행 시계가 떠올랐다. 처음엔 '3 : 31'이라는
숫자가 깜박이며 시간을 알렸고, 다음엔 '28'이라는 온도 표시
가 나타나더니, 마지막에는 날짜가 깜박거렸다. 모든 숫자들이
기억을 이루는 일부였다. 브라이언에게는 잊혀지지 않는 중요
한 기억이었다.

테리는 무슨 생각을 했는지 고개를 돌려 브라이언을 쳐다보
면서 웃었다. 그 때 브라이언은 테리의 어깨 너머로 낯익은 얼
굴을 발견했다.

어머니였다.

어머니는 처음 보는 스테이션 왜건*에 앉아 있었다. 브라이언은 어머니를 보았지만, 어머니는 브라이언을 보지 못했다. 손을 흔들거나 소리쳐서 어머니를 부르려고 하는 순간, 브라이언을 가로막는 것이 있었다. 차 안에 하얀색 테니스 셔츠를 입은 짧은 금발의 남자가 함께 타고 있었던 것이다.

브라이언은 더 많은 것을 보았다. 하지만 기억은 토막난 채 한 장면씩 떠올랐다. 테리가 웃고, 테리의 어깨 너머로 스테이션 왜건이 보이고, 차 안에는 브라이언의 어머니와 그 남자가 나란히 앉아 있었다. 또 시간과 온도를 알려 주는 시계, 브라이언의 자전거 앞바퀴, 그 남자의 짧은 금발, 그 남자가 입은 하얀색 셔츠가 차례로 떠올랐다. 증오와 함께 떠오른 기억은 생생했다.

브라이언이 눈을 뜨면서 비명을 질렀다.

잠시 동안 자신이 어디에 있는지 정신을 차릴 수 없었다. 불시착할 때 들리던 굉음이 아직도 귀에 쟁쟁했다. 이제 곧 죽을 거라는 생각만 들었다. 숨이 차오를 때까지 비명을 질러 댔다.

잠시 뒤, 주위가 조용해졌다. 브라이언이 숨을 들이쉬면서 흐

---

*스테이션 왜건(station wagon) : 사람과 화물을 싣는 다용도 차량. 주로 업무용으로 사용하지만 스키, 캠프, 스쿠버 다이빙 등의 레저 생활에도 이용된다.

느끼는 소리만 들렸다.

'어떻게 이렇게 조용할 수 있을까? 조금 전까지만 해도 부서지고, 찢어지고, 울부짖는 소리뿐이었는데. 어떻게 새들은 저렇게 한가로이 지저귈 수 있을까?'

다리가 축축했다. 브라이언은 바닥에 손을 짚고 몸을 일으킨 다음 고개를 돌려 호수에 잠긴 자신의 다리를 보았다. 몸을 움직여 보려 했지만 아파서 꼼짝할 수 없었다. 숨을 헐떡거리던 브라이언은 움직이는 걸 포기하고 그 자리에 멈췄다. 다리는 아직 물 속에 잠겨 있었다.

다시 몸을 돌리자 호수를 가로지른 오후의 햇빛이 쏟아졌다. 브라이언은 햇빛을 피해 고개를 돌렸다.

'이제 불시착은 끝났고, 나는 살아남은 거야.'

브라이언은 눈을 감고 고개를 떨구었다.

다시 눈을 떴을 때는 저녁이었다. 온몸이 무지근하게 쑤셨지만 심한 통증은 조금 수그러들었다. 불시착하던 순간의 모습이 다시 브라이언을 사로잡았다.

'나무들을 빠져 나와 호수로 추락한 비행기는 바닥으로 가라앉았어. 난 정신 없이 헤엄쳐 나왔고.'

몸을 일으켜 호수 밖으로 기어 나왔다. 움직일 때마다 온몸이 쑤셔 계속 끙끙거렸다. 다리가 화끈거리고, 망치로 얻어맞은 것처럼 이마가 아팠다. 축축한 호수 기슭을 지나 덤불 근처의 작은 나무까지 기어갔다.

브라이언은 다시 쓰러졌다. 하지만 이번에는 힘을 모으기 위해서였다. 팔베개를 하고 비스듬히 누워 눈을 감았다. 브라이언이 할 수 있는 거라곤 눈을 감고 누워 있는 것뿐이었다. 그리고 다시 깊은 잠에 빠져들었다.

눈을 떴을 때 주위는 캄캄했다. 짙은 어둠 속에서 깨어난 브라이언은 다시 공포감에 사로잡혔다.

'본다는 건 소중한 일이야.'

아무것도 보이지 않았다. 하지만 고개를 돌려 바라본 호수 건너편의 하늘은 해가 막 떠오르면서 옅은 회색빛을 머금고 있었다. 잠든 게 저녁 무렵이었다는 생각이 들었다.

"지금은 아침이 분명한데……."

잠에서 깨어나자 세상이 모습을 드러냈다.

온몸이 아팠다. 다리는 쥐가 나면서 오그라들었고, 근육이 당기면서 욱신거렸다. 몸을 움직이려고 하자 등이 아팠다. 가장 심하게 아픈 곳은 심장이 뛸 때마다 요동치는 머리였다. 불시착할 때의 모든 충격이 머리로 집중된 것만 같았다.

드러누운 채로 천천히 옆구리와 다리를 만졌다. 팔도 문질러 보았다. 부러지거나 심하게 삐지는 않은 것 같았다. 아홉 살 때 자전거를 타다가 주차해 놓은 차에 부딪쳐 발목이 부러진 적이 있었다. 그 때는 8주 동안이나 깁스를 하고 있어야 했다. 하지만 지금은 그 정도로 심하게 다친 건 아니었다. 부러진 곳은 없었다. 그저 심하게 부딪친 것뿐이었다.

이마가 심하게 부어 올라 마치 눈꺼풀 위로 솟아오른 둔덕 같았다. 이마에 난 혹을 손가락으로 살짝 문질렀는데도 하마터면 비명을 지르며 울 뻔했다. 하지만 이마에 난 혹을 가라앉힐 방법은 아무것도 없었다. 다른 상처들처럼 이마의 혹은 깨진 게 아니라 멍든 것 같았다.

'살아 있어. 나는 살아 있다고. 죽을 수도 있었어. 아직 비행기에 있을 조종사처럼. 의자에 묶인 채 검푸른 호수에 빠져 있는⋯⋯.'

일어나 앉으려고 몸을 움직이다가 뒤로 넘어지고 말았다. 하지만 두 번째에는 끙끙대며 가까스로 일어나 앉을 수 있었다. 작은 나무에 등을 기댈 수 있을 때까지 옆으로 조금씩 움직였다. 나무에 등을 기댄 채 호수를 마주 보고 앉자 동이 트면서 하늘이 점점 밝아졌다.

브라이언은 한기를 느꼈다. 축축하게 젖은 옷을 입고 있었던 것이다. 찢어진 윈드브레이커 조각을 잡아당겨 어깨에 걸치고 몸을 따뜻하게 할 수 있는 걸 찾으려고 했지만, 현실과 환상 사이에서 정신 없이 헤매느라 제대로 생각할 수 없었다. 호수에 가라앉는 비행기에서 빠져 나와 기슭까지 헤엄쳐 나오는 장면을 떠올렸다. 하지만 그 모든 게 다른 사람에게 일어난 일이거나 영화에 나오는 한 장면 같았다. 축축하게 젖은 옷이 살에 닿자 차가운 느낌이 들었고, 그 장면을 떠올리는 동안 이마가 아픈 걸로 봐서는 모든 일이 실제로 자신에게 일어난 게 분명했다. 하지만 안개에 싸인 것처럼 모든 게 희미하기만 했다. 호수를 바라보았다. 아픔이 파도처럼 밀려들었다가는 사라지곤 했다. 호수 먼 끝으로 해가 솟아올랐다.

해가 절반 정도 떠오르는 데는 한두 시간쯤 걸렸다. 정확한 시각을 알 수 없었지만 신경 쓰지 않았다. 해가 떠오르면서 조금씩 따뜻해졌다. 좀더 따뜻해지자 모기 떼들이 사정없이 달려들었다. 모기 떼는 밖으로 드러난 맨살에 몰려들어 코트처럼 에워쌌다. 모기들은 숨을 들이쉬면 콧구멍을 막았고, 숨을 내쉬려고 입을 벌리면 입 안으로 쏟아져 들어왔다.

'믿을 수 없어. 이럴 순 없다고!'

불시착한 비행기에서 빠져 나올 수는 있었지만 모기들한테서는 벗어날 수 없었다. 기침을 하고, 침을 뱉고, 재채기를 해대면서 모기들을 뱉어 냈다. 눈을 감고 계속해서 얼굴을 털기도 했다. 백 마리도 넘게 잡은 것 같았다. 하지만 죽이기가 무섭게 더 많은 모기들이 윙윙거리며 달려들었다. 모기들 속에는 이제껏 한 번도 본 적이 없는 작고 검은 파리도 섞여 있었다. 곤충들은 브라이언의 온몸을 물어뜯었다.

얼마 지나지 않아 눈이 퉁퉁 부어 올라 저절로 감겼다. 얼굴은 이마에 난 혹만큼이나 불룩하게 부어 올랐다. 조각난 윈드브레이커를 머리 위로 끌어올려 그 속에 숨으려고 했지만, 갈가리 찢긴 윈드브레이커는 별 도움이 되지 않았다. 화가 난 브라이언은 티셔츠로 얼굴을 가리려고 했다. 그러자 파리와 모기 떼는 셔츠를 올리면서 드러난 맨살을 사납게 공격했다. 브라이언은 할 수 없이 다시 셔츠를 끌어내렸다.

브라이언은 윈드브레이커를 끌어올린 채 손으로 파리와 모기 떼를 털어 내다가 마침내 울부짖고 말았다. 할 수 있는 일은 아무것도 없었다.

해가 완전히 떠올라 햇빛이 브라이언을 정면으로 비추자, 젖은 옷이 마르면서 온기가 몸을 감쌌다. 그리고 파리와 모기들이 눈 깜짝할 사이에 사라졌다. 조금 전까지만 해도 끔찍한 곤충들에 둘러싸여 있었는데, 이제 곤충들은 사라지고 햇빛이 온몸을 감싸 주었다.

'흡혈귀 같은 놈들. 분명히 놈들은 추운 밤이나 뜨거운 햇볕을 싫어하는 거야. 그래서 온도가 적당한 동틀 무렵에 극성을 부리는 거야.'

믿을 수가 없었다. 야외 생활에 관한 책이나 텔레비전 영화에서는 모기나 파리에 대해 언급한 적이 한 번도 없었다. 자연에 관한 프로그램에서 보여 준 건 아름다운 경치나 즐겁게 뛰노는 동물들뿐이었다. 모기나 파리에 대해 말한 사람은 아무도 없었다.

"끄으응."

브라이언은 나무에 등을 기댄 채 몸을 일으키며 기지개를 켰다. 이번에는 다른 곳이 쑤셨다. 등 근육이 끊어질 듯 아팠다.

하지만 욱신거리던 이마는 조금 가라앉은 것 같았다. 일어서려고 했던 것뿐이었는데 너무 힘이 들어 쓰러질 지경이었다. 모기에 물린 손등뿐 아니라 눈도 부어 올라 감길 정도였다. 브라이언은 실눈을 뜨고서야 겨우 볼 수 있었다.

'별로 볼 것도 없군.'

검푸른 호수를 보자 갑자기 비행기의 모습이 떠올랐다.

'아직도 의자에 묶여 있을 조종사와 검푸른 호수 아래로 가라앉은 비행기. 조종사의 머리카락이 물결에 흔들리고……. 그만, 고통만 더해. 그런 생각은 이제 그만 해야지.'

브라이언은 고개를 저었다.

주위를 둘러보았다. 호수는 브라이언의 발 아래까지 뻗어 있었다. 브라이언이 있는 곳은 L자형 호수의 아랫부분이었다. 아침 햇살과 고요 속에 잠긴 호수는 더할 나위 없이 잔잔했다. 호수 반대쪽 끝에 있는 나무들이 호수에 비쳤다. 거꾸로 물 위에 비친 숲은 진짜 숲과 똑같아 보였다. 물 위에 비친 숲을 보고 있을 때, 까마귀와 비슷하게 생겼지만 몸집이 더 큰 새가 진짜 숲이 있는 호수 맨 끝에서 날아왔다. 까마귀는 호수에 비친 자신의 모습과 한 쌍이 되어 호수 위를 날았다.

세상은 브라이언을 빨아들이기라도 할 듯 온통 짙푸른 색이었다. 숲에는 소나무와 가문비나무, 작은 덤불, 빽빽한 풀 들이 여기저기 흩어져 있었다. 상록수만 빼고 다른 나무들의 이름은 알 수 없었다. 잎이 많이 달린 나무는 사시나무일 거라고 추측

할 뿐이었다. 사시나무는 텔레비전에서 본 적이 있었다.

호수 부근에는 작은 산들이 많았다. 작은 산은 그리 높지 않아 언덕에 가까웠고, 왼쪽을 빼면 바위들을 찾아보기 힘들었다. 왼쪽에는 높이가 6미터쯤 되는 바위투성이 등성이가 호수를 향해 뻗어 있었다.

조금만 더 왼쪽으로 떨어졌으면 비행기는 호수가 아니라 바위에 부딪쳤을 것이다.

'바위에 부딪쳐 산산조각이 나서 죽을 수도 있었어. 다행이야, 정말 운이 좋았어. 아냐. 정말 운이 좋았다면 그 비밀 때문에 엄마 아빠가 이혼하지는 않았을 거야. 그랬으면 심장마비로 쓰러진 조종사와 비행기를 타지도 않았을 거고. 더구나 살아남기 위해서 행운이 따라야 하는 지금 같은 상황도 없었을 거야. 행운을 거슬러 올라가면 불행에 닿게 되는 거야.'

브라이언은 어깨를 움츠리며 다시 고개를 저었다.

'그런 생각은 이제 그만 해야지.'

바위투성이 등성이는 둥글었고 사암 종류인 것 같았다. 검은 암석 조각이 층을 이룬 채 바위 등성이에 끼여 있었다. 등성이 맞은편에 있는 L자형 호수 안쪽 구석에는 나뭇가지와 진흙으로 된 2, 3미터 높이의 둔덕이 있었다. 처음에는 그 둔덕이 뭔지 몰랐지만, 영화에서 본 장면을 떠올리자 둔덕의 정체를 알 수 있었다. 잠시 뒤, 둔덕 근처 수면 위로 작은 갈색 머리가 불쑥 나타났다. 작은 머리는 V자형의 잔물결을 일으키며 헤엄치기 시작했다. 둔덕을 본 건 공공 방송 채널에서 방영한 특별 프로그램에서였는데, 바로 비버 소굴이라고 부르던 비버의 둥지였다.

물고기 한 마리가 물 위로 뛰어올랐다. 물고기는 그다지 크지 않았지만 헤엄을 치고 있던 비버 근처에서 텀벙 하는 소리가 나면서 많은 물이 튀겼다. 그게 신호인 양 다른 물고기들이 뛰어오르기 시작하면서 호수 기슭을 따라 잔물결이 일었다. 수백 마리의 물고기가 뛰어올랐고, 찰싹 하는 소리를 내며 수면에 부딪쳤다. 브라이언은 한동안 멍하니 물고기들을 바라보며 경치가 정말 좋다는 생각을 했다. 신기한 볼 거리가 많았지만 모든 게 초록색과 파란색을 띤 얼룩으로만 보였다. 브라이언에겐 도시에서 흔히 볼 수 있는 회색과 검정색이 눈에 익었다. 그리고 차들이 내는 소음과 사람들이 떠드는 소리로 가득 찬 도시의 소음에 익숙해져 있었다.

처음엔 주위가 조용한 줄 알았다. 하지만 귀를 기울이자 여러 가지 소리가 들렸다. 쉬 하는 소리, 바스락거리는 소리, 새들이 지저귀는 소리, 곤충들이 윙윙거리는 소리, 물고기들이 뛰어오르며 텀벙거리는 소리……. 여러 가지 소리가 들렸지만 브라이언이 알아들을 수 있는 소리는 하나도 없었다. 빛깔도 소리만큼이나 낯설었다. 빛깔과 소리 들은 브라이언의 머릿속에서 뒤섞여 심장의 고동 소리에 맞춰 움직이는 초록색과 파란색 얼룩으로 바뀌었다.

브라이언은 피곤해서 견딜 수가 없었다. 어찌나 피곤한지 서 있는 것조차 힘이 들 정도였다. 점점 힘이 빠졌다. 아직도 불시 착할 때 받은 충격에서 헤어나지 못한 거라고 생각했다.

'아프고 어지럽고……. 몸이 안 좋아.'

꼭대기까지 가지가 없는 커다란 소나무를 찾았다. 소나무에 등을 기대고 앉아 따스한 햇빛을 받으며 호수를 내려다보았다. 잠시 뒤, 브라이언은 고개를 떨군 채 다시 잠에 빠져들었다.

5

브라이언이 눈을 뜨는 동안 감각이 되살아났다.

견딜 수 없을 정도로 목이 말랐다. 입술이 바싹 말랐고 입 안은 잔뜩 끈적거렸다. 입술이 갈라져 피가 흐르는 것만 같았다. 당장 물을 마시지 않으면 목말라 죽을지도 모른다는 생각까지 들었다. 엄청나게 많은 물이 필요했다.

얼굴까지 화끈거렸다. 한낮의 이글거리는 태양이 브라이언의 머리 위에 떠 있었다. 자는 동안 따가운 햇살이 내리쬐었고, 벌겋게 달아오른 얼굴은 물집이 잡히고 살갗이 벗겨지려고 했다. 아직도 온몸이 쑤시고 결려서 나무를 잡고서야 겨우 몸을 일으킬 수 있었다. 호수를 내려다보았다. 그건 물이었다. 하지만 호숫물을 마셔도 되는지 알 수 없었다. 호숫물을 마셔도 된다고 말한 사람은 아무도 없었다. 게다가 호수에 가라앉은 조종사가 생각났다.

'비행기와 검푸른 호수 아래로…… 의자에 묶인 채…… 조종

사의 몸⋯⋯. 끔찍해!'

하지만 푸른 호수는 햇빛을 받아 반짝이며 찰랑거렸고, 입과 목은 갈증으로 미쳐 날뛰었다. 그렇다고 다른 곳에서 물을 찾을 자신도 없었다. 그리고 비행기에서 빠져 나와 호수 기슭에 도착할 때까지 이미 호숫물을 많이 마신 기억도 떠올랐다. 영화에서라면 주인공이 깨끗한 샘물을 발견하기도 하지만, 자신처럼 비행기 조난 사고를 당하지도 않았고 불시착하면서 이마를 부딪치지도 않았다. 또 주인공은 몸이 아파 쩔쩔매지도 않았고, 갈증 때문에 아무런 생각도 할 수 없는 고통 따위는 겪지도 않았다.

브라이언은 기슭을 따라 천천히 호수로 걸어갔다. 호수 가장자리를 따라 풀들이 빽빽하게 자라 있었다. 조금 흐려 보이는 물에는 작은 벌레들이 헤엄치고 있었다. 그 때 호수로 6미터쯤 뻗어 있는 통나무가 눈에 띄었다. 언젠가 비버가 떨어뜨려 놓은 것 같았다. 통나무에는 손잡이처럼 생긴 가지가 달려 있었다. 브라이언은 그 가지를 이용해 통나무 위에서 균형을 잡으며 잡초와 흐린 물 사이를 지나갔다.

벌레가 없는 깨끗한 물을 찾자 통나무에 무릎을 꿇고 앉았다.

'한 모금, 딱 한 모금만 마실 거야.'

브라이언은 호숫물에 대한 꺼림칙한 생각을 떨쳐 버리지 못하며 다짐했다.

하지만 차가운 호숫물이 갈라진 입술을 지나 혀에 닿는 걸 느끼자 호수에서 입을 뗄 수가 없었다. 무더운 여름에 장거리 자전거 여행을 했을 때도 지금처럼 목이 마르지는 않았다. 그냥 단순한 물이 아니라 생명수였다. 허리를 굽혀 호수에 입을 대고 연거푸 물을 마셨다. 입으로 물을 힘껏 빨아들여서는 벌컥벌컥 소리를 내며 삼켰다. 배가 부풀어올라 통나무에서 거의 굴러 떨어질 정도가 될 때까지 물을 마신 브라이언은 경쾌한 걸음으로 호수 기슭으로 돌아왔다.

하지만 호수 기슭에 돌아오기가 무섭게 속이 울렁거려 마셨던 호숫물을 거의 토했다. 햇볕에 탄 얼굴은 여전히 화끈거렸지만, 갈증이 가시고 머리의 통증도 줄어든 것 같았다.

"그래!"

브라이언은 기쁨을 감추지 못하고 펄쩍 뛰어오르며 소리질렀다. 자신이 지른 소리라는 것이 믿어지지 않아 다시 한 번 소리쳤다.

"그래. 그래, 내가 여기 있단 말이야!"

불시착하고 나서 처음으로 정신을 차리고 곰곰이 생각할 수 있었다.

'내가 여기 있어. 그런데 여기가 어디야? 도대체 내가 어디에 있는 거지?'

호수 기슭에서 벗어나 가지가 없는 키 큰 나무 쪽으로 걸어갔다. 껄껄한 나무껍질에 등을 대고 앉았다. 무더운 날이었지만 해는 등 뒤에 높이 떠 있었고, 나무 그늘에 앉아 있으려니

편안한 기분까지 들었다. 차근차근 하나씩 생각을 정리했다.

'나는 여기에 있는데, 여기가 어딘지는 몰라.'

지난 일들이 한꺼번에 떠올라 제대로 생각을 이어 나갈 수 없었다. 모든 게 뒤죽박죽이 되어 앞뒤가 맞지 않았다. 애써 마음을 가라앉히고는 한 번에 한 가지씩만 생각하기로 했다.

'여름 방학 동안 아빠와 지내기 위해 북쪽으로 날아가고 있었지. 조종사는 심장마비로 쓰러져 죽었어. 비행기는 캐나다의 북부 삼림 지대에 불시착했고. 하지만 얼마나 멀리 날아왔는지, 어느 방향으로 날아온 건지, 이 곳이 어디인지는 몰라. 침착해야 돼. 좀더 침착해야 돼. 나는 열세 살 소년 브라이언 로브슨이고, 캐나다 북부 삼림 지대에 혼자 있어. 좋아, 그건 틀림없는 사실이야. 나는 아버지를 만나러 가기 위해 비행기를 탔고, 비행기는 불시착해서 호수 밑으로 가라앉았어. 그래, 그렇게 하는 거야. 차근차근 한 가지씩만 생각하는 거야. 내가 어디 있는 건지 모르겠지만, 그건 별로 중요한 게 아냐. 정작 중요한 건 바로 구조대원들이 내가 어디 있는지 모른다는 사실이야.'

구조대원들은 브라이언과 비행기를 찾으려 할 테고, 브라이언의 부모님은 아들이 실종되었다는 소식에 제정신이 아닐 것이다. 구조대원들은 브라이언을 찾으려고 구석구석 샅샅이 뒤질 것이다.

브라이언은 텔레비전에서 구조대원들과 실종된 비행기에 관한 영화를 본 적이 있었다. 비행기가 추락하면 구조대원들은 광

범위한 지역을 뒤져 하루나 이틀 안에 어김없이 비행기를 찾아
내곤 했다. 조종사들은 비행하기 전에 비행 계획을 제출하는
데, 비행 계획에는 상세한 항로는 물론 출발 장소와 시간 등에
관한 자세한 내용이 들어 있다. 구조대원들은 조종사가 제출한
비행 계획에 따라 출발지와 도착지를 망라해서 브라이언을 찾
을 때까지 수색 작업을 펼칠 것이다.

　'오늘이 될 수도 있어. 구조대원들이 바로 오늘 올 수도 있
다고. 오늘은 불시착하고 난 뒤 둘째 날이야. 아냐. 오늘이 첫
째 날인가, 둘째 날인가?'

　비행기는 오후에 추락했고 브라이언은 밤새 밖에서 추위에
떨었다. 따라서 오늘이 첫째 날이었다. 어쨌든 구조대원들은 오
늘 올 수도 있었다. 브라이언이 탄 비행기가 도착하지 않았다
는 걸 알게 된 구조대원들이 즉시 수색을 시작했을 것이다.

　'그래, 구조대원들이 오늘 올지도 몰라. 수륙 양용 비행기를
타고 바로 이 곳에 도착할지도 모른다고. 플롯*이 달린 작은
비행기가 호수 위에 내려앉고는 나를 집으로 데려갈 거야. 누
구 집? 아빠 집, 아니면 엄마 집? 상관없어. 아빠 집으로 가든
엄마 집으로 가든 마찬가지야. 누구 집이든 오늘 저녁 늦게나
내일 아침 일찍 갈 수 있을 거야. 그리고 윤기가 잘잘 흐르는

---

*플롯(float) : 물 위에 뜰 수 있는 힘을 이용하여 비행기가 물 위에서 머
무르거나 이·착륙을 할 수 있도록 장착된 부품.

대형 햄버거와 케첩을 바른 감자튀김 곱빼기, 진한 초콜릿 셰이크를 먹을 수 있어.'

갑자기 배가 고팠다. 배를 문질렀다. 지금까지도 계속 배가 고팠지만, 아픔이나 두려움에 눌려 잊고 있었다. 하지만 햄버거를 떠올리자 텅 빈 뱃속이 꼬르륵거리며 음식을 달라고 아우성쳤다. 이렇게까지 배가 고픈 적은 없었다. 호숫물로 배를 채워도 여전히 배가 고팠다. 뱃속에선 계속해서 꼬르륵거리는 소리가 났다.

'먹을 게 아무것도 없어. 영화에서 나처럼 조난을 당한 사람들은 어떻게 했지? 그래, 맞아. 주인공은 항상 식용 식물을 찾아 허기를 면하지. 주인공은 배가 부를 때까지 그 식물을 먹거나, 멋진 덫 같은 걸로 작은 동물을 잡아 불에다 구워 먹곤 했어. 그리고 얼마 안 있어 근사한 만찬을 먹게 되고. 하지만 문제는 지금 내 눈에 보이는 거라곤 풀과 덤불밖에 없다는 거지.'

쉽게 눈에 띄는 새와 비버를 빼면 요리해 먹을 수 있는 동물은 보이지 않았다. 설령 운이 좋아 동물을 잡는다고 해도 성냥이 없어서 불을 피울 수도 없었다.

'아무것도 없어.'

브라이언은 아무것도 가진 게 없었다.

'글쎄, 사실 가진 게 없을 수도 있지. 하지만 혹시 내가 가진 게 있을지도 모르잖아. 구조대원들이 나를 찾을 때까지 어떻게 버텨야 할지 생각해 봐야 할 것 같은데. 그러면 음식 생각

이 달아날지도 몰라. 구조대원들이 나를 찾을 때까지 말이야.'

브라이언은 퍼피치라는 국어 선생님에게 수업을 들은 적이 있었다. 선생님은 학생들에게 긍정적으로 살라고 했다. 문제가 생기면 긍정적으로 대처하고, 문제에 끌려다니지 말고 능동적으로 이끌고 나가야 한다는 게 퍼피치 선생님이 늘 하던 말이다. 퍼피치 선생님을 떠올리면서 지금의 상황에 어떻게 긍정적으로 대처하고 이끌고 나갈 수 있을지 생각했다. 선생님의 말은 한마디로 동기 부여를 해야 한다는 거였다. 선생님은 학생들에게 늘 동기 부여에 대해 강조했다.

브라이언은 무릎을 꿇고 앉아 호주머니를 뒤져 내용물을 모두 풀 위에 꺼내 놓았다. 정말 한심했다. 25센트짜리 은화 한 개, 10센트짜리 은화 세 개, 5센트짜리 백통화 한 개, 1센트짜리 동화 두 개, 20달러짜리 지폐 한 장이 들어 있는 가죽 지갑, 손톱깎이, 잡동사니 종이. 20달러짜리 지폐는 작은 마을에 있는 공항에서 오도가도못하게 되면 음식을 사 먹으라고 어머니가 준 돈이었다. 그리고 허리띠에는 어머니가 여행 선물로 준 손도끼가 아직 달려 있었다. 손도끼를 차고 있다는 걸 까마득하게 잊고 있던 브라이언은 허리띠에서 손도끼를 꺼내 풀 위에 올려놓고 엄지손가락으로 도끼날에 묻은 녹을 닦아 냈다.

그게 전부였다. 브라이언은 눈살을 찌푸렸다.

'아니, 잠깐. 경기를 하려면 제대로 해야지 장난 삼아 건성으로 해서는 안 된다고 그러셨어. 동기 부여를 하고, 스스로 문제

를 이끌고 나가야 한다고 하셨어. 맞아, 그게 퍼피치 선생님이 하셨던 말씀이야.'

다른 물건들이 보태졌다. 바싹 마른 운동화, 양말, 바지, 속옷, 얇은 가죽 허리띠, 갈가리 찢겨 넝마처럼 어깨에 걸쳐 있는 윈드브레이커가 달린 티셔츠. 그리고 불시착할 때 깨져서 텅 빈 액정 화면만 남아 있는 전자 시계. 시계를 풀어 던지려다 말고 호주머니에서 꺼낸 소지품들 옆에 내려놓았다.

'자, 이게 전부야. 아니, 잠깐만. 다른 게 또 남았어. 이것들보다 더 중요한 바로 내 자신이 있잖아.'

퍼피치 선생님은 "여러분 자신이야말로 가장 소중한 재산이에요. 그 점을 명심하세요. 바로 여러분 자신이야말로 여러분이 가진 귀중한 보물이에요." 하고 학생들에게 되풀이해서 말하곤 했다.

브라이언은 다시 한 번 주위를 둘러보았다.

'퍼피치 선생님, 선생님이 지금 여기 계신다면 얼마나 좋을까요……. 배가 너무 고파요. 햄버거 한 조각이라도 얻을 수만 있다면 영혼까지 팔 수 있을 것 같아요.'

브라이언의 입에서 배고프다는 말이 튀어나왔다. 처음에는 큰 소리가 아니었지만, 소리가 점점 커지다가 나중에는 고함으로 바뀌었다.

"배고파! 배고프단 말이야! 배고파 미치겠어!"

고함 소리가 그치자 갑자기 주위가 조용해졌다. 브라이언의 목소리만 멈춘 게 아니었다. 숲에서 나는 찰칵거리는 소리나 새들이 지저귀는 소리도 멈추었다. 브라이언이 지른 고함 소리가 주위에 있는 것들을 놀라게 하는 바람에 주위가 조용해진 것이었다. 브라이언은 입을 벌린 채 주위를 둘러보며 귀를 기울였다. 그리고 지금까지 살면서 아무 소리도 들리지 않는 완전한 침묵의 순간은 경험해 본 적이 없다는 사실을 깨달았다.

단 몇 초 동안 계속된 침묵은 너무나 강렬해서 브라이언을 이루는 한 부분이 된 것처럼 느껴졌다. 아무 소리도 들리지 않았다. 잠시 뒤 다시 새들이 지저귀기 시작했고, 윙윙거리는 소리, 꽥꽥 우는 소리, 까악까악 우는 소리가 차례로 들리면서 전과 같은 소리들이 다시 들렸다. 다시 배가 고팠다.

'구조대원들이 오늘 밤에 오거나, 설령 늦어져서 내일 온다고 해도 배고픈 건 큰 문제가 아냐. 사람은 물만 마실 수 있다면 음식을 먹지 않고도 며칠 동안 견딜 수 있다고 했어. 구조대원들이 내일 늦게까지 오지 않는다고 해도 괜찮아. 몸무게가 조금은 줄겠지. 하지만 햄버거와 감자튀김만 먹는다면 몸무게는 금방 원래대로 돌아올 거야.'

손도끼를 허리에 차고 동전과 나머지 물건들을 호주머니에 다시 집어 넣었다.

텔레비전 광고에서 본 것과 똑같이 생긴 햄버거 그림이 머릿속에 떠올랐다. 또렷한 빛깔, 윤기가 자르르 흐르며 김이 모락모락 나는 고기…….

브라이언은 머릿속에 떠오른 햄버거를 애써 지웠다.

'구조대원들이 내일까지 나를 찾지 못한다고 해도 별 문제 없을 거야.'

깨끗한지는 알 수 없었지만 어쨌든 물은 충분했다.

다시 나무에 등을 기대고 앉았다. 계속해서 브라이언을 괴롭히는 게 있었다. 그게 뭔지 확실히 알 수는 없었지만 계속해서 브라이언의 머리를 물고늘어졌다.

'지금의 상황을 바꿔 놓을 수 있는…… 비행기와 조종사에 관한 건데……. 그래, 그거야. 조종사가 심장마비로 쓰러졌을 때 조종사의 오른발이 갑자기 방향타 페달을 밟았어. 그리고 비행기가 옆으로 돌아갔지. 그래서? 왜 그 생각이 계속해서 머리를 무겁게 했을까? 그건 구조대원들이 오늘 밤이나 내일까지 오지 않을 수도 있다는 거지.'

마치 다른 사람이 머릿속에서 대답하는 것 같았다.

조종사가 방향타 페달을 밟았을 때 비행기가 갑자기 옆으로 움직였고, 비행기는 새로운 항로로 접어들었다. 비행기가 옆으로 얼마나 움직였는지 알 수 없었다. 조종사가 쓰러진 뒤 브라이언이 새로운 항로를 따라 조종했으므로 많이 벗어나지 않았기만을 바랄 뿐이었다.

비행기는 조종사가 제출한 비행 계획에서 훨씬 벗어났을지도 모른다. 시간당 160마일의 속도로 몇 시간 동안이나 비행했을 것이다. 비행기가 항로를 조금 벗어났다고 해도 그 정도의 속도와 시간이라면 비행 계획을 벗어나 수백 킬로미터나 떨어져 있는 셈이었다.

구조대원들은 우선 비행 계획에 기록된 항로를 따라 집중적으로 수색할 것이다. 그리고 비행 계획상의 항로를 조금 벗어난 지점까지 수색하겠지만, 브라이언은 항로를 500~600킬로미터 이상 벗어나 있을 수도 있었다. 얼마나 멀리 엉뚱한 방향으로 날았는지 알 수 없었다. 원래의 항로가 어딘지, 비행기가 옆으로 얼마나 벗어났는지도 알 수 없었다.

'그 때 비행기가 옆으로 많이 움직였어.'

비행기가 휙 돌아갈 때 브라이언의 머리가 급격하게 젖혀졌던 일이 생각났다.

구조대원들은 2, 3일 안에 브라이언을 찾지 못할 수도 있었다. 브라이언은 두려움에 사로잡히면서 심장의 고동이 빨라졌다. 구조대원들이 오랫동안 자신을 찾지 못할 거라는 생각을 지워 버리고 마음을 진정시키려 했지만 결국 폭발하고 말았다.

잠시 뒤, 구조대원들이 영원히 자신을 찾지 못할 거라는 생각이 들자 더럭 겁이 났다. 하지만 브라이언은 될 수 있는 대로 긍정적으로 생각하려고 노력했다.

'구조대원들은 비행기가 추락했다는 걸 알고 온 힘을 다해 수색 작업을 펼칠 거야. 많은 인원과 비행기가 동원될 거고 항로를 벗어난 지점까지 수색 지역을 넓힐 거야. 내가 비행 경로에서 벗어났다는 걸 모를 리가 없어. 무전기로 어떤 남자와 교신을 했으니까. 구조대원들은 어쨌든 알아 낼 거야……. 모든 게 괜찮을 거야. 구조대원들은 나를 찾아 낼 거야. 당장 내일이 아니더라도 꼭 나를 찾아 낼 거야.'

출렁거리는 기름처럼 흔들리던 마음이 차츰 진정되면서 공포도 사라졌다.

'구조대원들이 이틀 안에 오지 않는다면, 아니 사흘 안에 오지 않는다면, 길게 잡아 나흘이 되더라도 나는 살아남을 수 있을 거야. 그 정도 시간이라면 살아남을 수 있어.'

구조대원들이 자신을 찾는 데 더 오랜 시간이 걸릴 거라고는 생각하고 싶지 않았다. 하지만 나흘이 걸린다면 어떤 일이라도 해야만 했다. 그저 나무 밑동에 앉아서 호수를 내려다보며 나흘을 보낼 수는 없었다.

문제는 밤이었다. 브라이언이 있는 곳은 깊은 숲 속이고, 성냥이 없어 불을 피울 수도 없었다.

'숲 속에는 커다란 짐승들이 있을 거야. 어쩌면 늑대나 곰 같은 맹수가 있을지도 몰라.'

어둠 속에서 사방이 훤히 트인 나무 밑동에 앉아 있는 자신의 모습이 보이는 것 같았다.

주위를 둘러보았다. 머리카락이 곤두서는 것 같았다. 짐승들이 지금 자신을 지켜보고 있는지도 몰랐다. 먹이를 노리는 짐승들이 밤이 되면 갑자기 덮칠지도 모르는 일이었다.

허리띠에 차고 있는 손도끼를 만지작거렸다. 손도끼는 유일한 무기이자 가장 소중한 물건이었다.

은신처와 음식이 필요했다.

브라이언은 몸을 일으켜 모기들이 달려들기 전에 셔츠 등 부분을 내렸다. 자신을 위해 뭔가를 해야만 했다.

'동기 부여를 해야지. 내 자신이야말로 지금 내가 가진 전부야. 뭔가를 해야만 돼.'

6

　2년 전 브라이언과 테리는 도시의 모습이라곤 흔적조차 찾아볼 수 없는 공원 근처에서 시간을 보낸 적이 있었다. 공원을 가로질러 흐르는 작은 강 옆에는 나무들이 빽빽하게 자리잡고 있었다. 나무가 무성해서 미개간지처럼 보이던 그 곳에서 브라이언과 테리는 우스갯소리를 주고받고 공상을 하며 놀았다. 그리고 숲에서 길을 잃었다고 상상하며 오후에 무엇을 해야 할지 얘기했다. 물론 총, 칼, 낚싯대, 성냥과 같은 물건들이 있다고 상상했기에 사냥도 하고, 낚시도 하고, 불도 피울 수 있었다.

　'테리야, 네가 여기 있다면 얼마나 좋을까. 총, 칼, 성냥 같은 것들을 가지고……'

　그 때 가장 훌륭한 은신처로 달개 지붕*을 생각해 냈던 걸

---

*달개 지붕 : 지붕이 다른 건물의 바깥벽에 붙어 있는 것. 지붕의 서까래가 다른 건물에 걸쳐져 있다는 데서 유래. 부섭 지붕이라고도 함.

떠올리며 브라이언은 달개 지붕을 만들기로 결정했다. 풀과 나뭇잎, 나뭇가지 따위로 지붕을 덮으면 될 것이다. 버팀대로 쓸 버드나무가 있는 호수로 내려갔다. 먼저 달개 지붕을 얹을 적당한 장소를 찾아야 했다. 하지만 호수 근처를 떠나지 않기로 했다. 지금은 비행기가 호수 깊숙이 가라앉아 있지만 언젠가 근처를 지나는 조종사에게 모습을 드러낼지도 모른다는 생각이 들었기 때문이다. 사람들이 자신을 발견할 수 있는 기회를 놓치고 싶지 않았다.

왼쪽에 있는 바위 등성이가 눈에 들어왔다. 처음에는 바위에 이어 붙여 은신처를 만들어야겠다고 생각했다. 하지만 그렇게 하기 전에 먼저 등성이 안쪽을 살펴보기로 했다. 그런데 그 곳에는 또 다른 행운이 브라이언을 기다리고 있었다.

해가 움직이는 걸로 방향을 알 수 있었는데, 등성이 안쪽은 북쪽에 있었다. 아주 오래 전에 빙하가 지나며 돌출부 아래에 주발처럼 생긴 오목한 벽을 만들어 놓은 게 보였다. 등성이 안쪽은 동굴처럼 깊지는 않았지만 매끄러웠다. 돌출부는 지붕의 모습을 하고 있어서 그 아래에 서 있을 수도 있었다. 머리를 부딪치지 않으려면 돌출부 아래에서 고개를 조금 숙여야 했다. 빙하 작용으로 부서진 바위들은 앞쪽의 호수 가장자리와 돌출부 오른쪽으로 작은 모래사장을 이루고 있었다.

'첫 번째 행운이야. 아니지. 불시착할 때도 행운이 따랐어. 하지만 여길 발견한 것도 행운이야. 꼭 필요한 행운이라고!'

한쪽을 벽으로 둘러싸고 입구로 쓸 구멍만 남겨 두면 되었다. 돌출부가 지붕 역할을 하므로 건조한 상태를 유지할 수 있는, 달개 지붕보다 튼튼한 은신처를 갖게 되리라는 생각이 들었다.

돌출부 밑으로 들어가 앉았다. 그늘진 모래는 서늘했다. 얼굴에 와 닿는 시원한 느낌이 좋았다. 얼굴에는 벌써 물집이 잡히기 시작했고, 이마에 난 혹에도 물집이 잡혀 유달리 아팠다.

여전히 기운이 없었다. 등성이 뒤쪽을 서성거리고 정상에 조금 기어올랐을 뿐인데 다리가 후들거렸다. 서늘한 모래가 있는 돌출부 그늘 아래 잠시 앉아 있었다. 마음이 한결 가벼워졌다.

'이제 먹을 것만 있으면 좋겠는데.'

하지만 아무것도 없었다.

그늘에서 잠시 쉰 브라이언은 호수로 내려가 호숫물을 두세 모금 마셨다. 목이 마르진 않았지만 물을 마시면 배고픈 게 덜할 거라고 생각했다. 하지만 물을 마셔도 허기가 가시지는 않았다. 어찌 된 영문인지 차가운 물을 마시자 배가 더 고팠다.

돌출부 한쪽에 세울 적당한 나무를 골랐다. 하지만 팔에 힘이 없었다. 브라이언은 몸과 머리에 난 상처 때문이 아니라 배가 고파서 힘이 없다는 걸 깨달았다.

먹을 걸 찾아야 했다. 일을 하기 위해선 먹어야 했다.

'하지만 뭘 먹지? 도대체 먹을 게 어디 있는 거야?'

바위에 등을 기대고 호수를 바라보았다.

59

브라이언은 준비된 음식을 먹는 데 길들여져 있었다. 배가 고프면 냉장고를 뒤지거나 가게로 가거나 어머니가 요리한 음식 앞에 앉기만 하면 되었다.

'아, 그 때 그 음식. 작년 추수 감사절 때였어. 엄마가 이혼을 요구하고 아빠가 다음 해 1월 집을 떠나기 전에 온 가족이 함께했던 마지막 추수 감사절이었어.'

브라이언이 알고 있는 비밀 때문에 부모님이 이혼했는지는 알 수 없었다. 하지만 그 비밀이 부모님의 이혼에 영향을 끼쳤으리라는 생각은 들었다. 아버지는 아직 그 비밀을 모른다. 브라이언은 이번에 아버지를 만나면 그 비밀을 털어놓으리라 마음먹었다.

뒷마당에선 칠면조 요리가 한창이었다. 뚜껑을 꽉 덮은 바비큐 밑에선 숯불이 이글거리며 타올랐다. 아버지는 숯불 위에 히코리* 조각을 얹었다. 칠면조 냄새와 히코리 연기가 뒷마당을 가득 채웠다. 아버지가 바비큐의 뚜껑을 열었을 때 말로 표현할 수 없을 정도로 근사한 냄새가 났다. 브라이언과 부모님이 칠면조 고기를 먹으려고 자리를 잡았다. 칠면조 고기는 기름기가 잘잘 흘렀고, 고기 안에는 연기가 배어 있었다.

생각을 멈춰야 했다. 입 속에는 침이 가득 고였고 배에선 꼬

---

*히코리(hickory) : 북아메리카의 가래나무과 나무. 재목은 연한 갈색으로 무겁고 단단하며 질김.

르륵 하는 소리가 들렸다.

'먹을 게 있긴 있을까?'

삼림 지대에서 구할 수 있는 음식에 대해 다룬 책이나 영화를 곰곰이 생각해 보았다. 공군 조종사들의 생존 교육 과정을 소개한 텔레비전 프로그램이 떠올랐다. 조종사들은 일 주일 동안 애리조나 사막에서 지내며 스스로 물과 음식을 마련해야 했다. 그들은 얇은 플라스틱 판으로 이슬을 모아 물을 얻었고 도마뱀을 잡아먹었다.

브라이언에게도 물은 많았다. 하지만 캐나다 숲에는 도마뱀이 많지 않았다. 프로그램에 출연했던 한 조종사가 시계 유리로 햇빛을 모아 불을 피웠고, 다른 조종사들은 그 불에 도마뱀을 구워 먹었다. 하지만 브라이언이 차고 있는 건 전자 시계였고, 그나마 시계 유리마저 불시착할 때 깨졌다. 텔레비전 프로그램은 별 도움이 되지 않았다.

'잠깐만. 프로그램에 출연했던 여자 조종사가 덤불에서 콩을 찾아 냈고, 통조림 깡통에 도마뱀 고기와 콩을 섞어 스튜 요리를 만들었어. 이 곳에 콩은 없겠지만 열매 같은 건 틀림없이 있을 거야. 틀림없어. 숲에는 열매가 많을 거야. 사람들이 항상 그렇게 말했어. 누군가 얘기하는 걸 직접 들은 건 아니지만, 그 말은 분명히 사실일 거야. 틀림없어.'

모래사장으로 걸음을 옮기며 여전히 높이 떠 있는 해를 올려다보았다. 정확한 시각은 알 수 없었다. 집에 있을 때 해가 저

정도 높이에 있으면 오후 한 시나 두 시 정도 되었을 시간이었다. 한두 시경이면 어머니가 점심 설거지를 마치고 운동 강습을 받으러 가려고 준비할 시간이었다.

'아냐. 그건 어제였을 거야. 엄마는 오늘 바로 그 남자를 만나러 갈 거야. 오늘은 목요일이고, 목요일이면 엄마는 어김없이 그 남자를 만나러 갔어. 수요일엔 운동 강습을 받았고, 목요일이면 그 남자를 만나러 갔어.'

어머니를 생각하자 화가 치밀었다.

'엄마가 그 남자를 만나지만 않았으면 이혼하지 않았을 테고, 그러면 내가 지금 여기 있지도 않을 텐데.'

고개를 저었다. 그 생각을 멈추어야 했다. 해는 아직도 하늘 높이 떠 있고, 어두워지기 전에 열매를 찾을 시간이 남아 있었다. 어두워졌을 때 집으로 정해 놓은 은신처에서 멀리 떨어져 있고 싶지 않았다.

브라이언은 어두워졌을 때 길을 잃고 숲 속을 헤매고 싶지 않았다. 길을 잃는다는 건 지금의 브라이언에겐 큰 문제였다. 아는 거라곤 앞쪽에 보이는 호수와 뒤쪽의 언덕, 그리고 등성이뿐이었다. 호수와 언덕, 등성이에서 눈을 떼면 길을 잃고 헤맬 게 분명했다. 열매도 찾아야 했지만, 호수나 바위 등성이에서 눈을 떼지 않아야 했다.

북쪽의 호수 기슭을 올려다보았다. 200미터쯤 되는 거리였지만 똑똑하게 보였다. 꼭대기까지 큰 가지가 거의 없는 키 큰 소나무가 보였고, 소나무 사이로 부드러운 산들바람이 불었다. 하지만 작은 덤불들은 별로 없었다. 그 곳에서 200미터쯤 더 위쪽으로 눈길을 돌리자 허리띠 모양으로 빽빽하게 이어진 낮은 덤불이 보였다. 높이는 3, 4미터쯤 되었고 담처럼 둘러쳐져 있어서 안쪽이 보이지 않았다. 호수 둘레를 따라 풀들이 무성하게 자라 있었지만 그 곳에 열매가 있을지는 확실하지 않았다.

'열매가 있다면 저 덤불 속에 있을 거야. 호수에서 멀리 떨어지지만 않으면 길을 잃지는 않겠지. 열매를 찾고 나서 몸을 돌리면 호수가 왼쪽에 있을 거야. 은신처에 도착할 때까지 길을 거슬러 오기만 하면 될 거고. 계속 단순하게 생각하는 거야. 나는 브라이언 로브슨이야. 비행기는 불시착했어. 먹을 것을 찾을 거야. 꼭 열매를 찾을 거라고.'

관절이 아프고 배도 고픈 브라이언은 호수를 따라 천천히 걸었다. 나무에는 햇살을 받으며 지저귀는 새들이 가득했다. 이름을 아는 새들도 있었고 모르는 새들도 있었다. 붉은가슴울새와 참새, 부리가 두툼하고 불그스름한 오렌지색 새들이 보였다. 스물이나 서른 마리 남짓한 새들이 소나무에 앉아 있었다. 녹색 바탕에 밝은 색 줄무늬가 있는 새들은 쉬지 않고 지저귀었고, 브라이언이 나무 밑으로 걸어갈 때 후닥닥 날아올랐다.

그 길에서 먹을 것을 찾을 수 있었다. 새들은 잎이 넓고 키가 큰 나무에 앉아 날갯짓을 하면서 소란을 피웠다. 처음에는 멀리 있어서 새들이 뭘 하는 건지 알 수 없었다. 브라이언은 새들의 빛깔에 끌려 다가갔던 것뿐이었다. 오른쪽 호수를 지켜보면서 새들에게 가까이 다가섰을 때 새들은 놀랍게도 나무 열매를 먹고 있었다.

너무나도 쉽게 먹을 것을 찾았다. 마치 새들이 나무 열매가 있는 곳으로 브라이언을 안내한 것만 같았다. 선홍색 열매들이 달린, 6미터쯤 뻗은 가지들은 무거운 듯 축 늘어져 있었다. 나무 열매는 포도알 크기의 절반 정도였지만, 포도처럼 송이로 달려 있었다. 햇빛에 반짝이는 빨간 열매를 발견한 브라이언은 거의 비명에 가까운 소리를 질렀다.

걸음을 재촉해 열매가 달려 있는 가지로 걸어갔다. 새들을 쫓아 버리고 가지를 움켜쥔 채 입 안으로 열매를 밀어 넣었다.

하지만 브라이언은 입 안에 넣었던 열매를 거의 뱉어 버렸다. 쓴맛은 아니었지만 시큼하면서 입 안에 쌉쌀한 뒷맛이 났다. 게다가 커다란 씨가 있어서 씹기도 힘들었다. 브라이언은 그제야 그것이 버찌일지도 모른다는 생각이 들었다. 하지만 배가 고팠던 브라이언은 버찌를 입 속에 쑤셔 넣고 씨를 뱉지도 않고 삼켰다.

계속해서 버찌를 입 속으로 집어 넣었지만 허기는 여전했다. 이틀 동안 아무것도 먹지 않아 위가 오그라들었는데도 먹고 싶다는 충동은 여전했다. 문득 자신이 그 곳을 떠나야 새들이 버찌를 먹을 수 있을 거라는 생각이 들었다. 찢어진 윈드브레이커로 버찌를 담을 수 있는 작은 주머니를 만들고는 계속해서

버찌를 땄다. 마침내 작은 주머니에 2킬로그램 정도의 버찌를
담아 은신처로 돌아왔다.

'이젠 음식도 생겼으니까 이 곳을 손질하는 일만 남았어.'

브라이언은 해를 힐끗 올려다보았다. 어두워지기까지는 아
직 시간이 남아 있었다.

'성냥만 있으면…….. 부목이 곳곳에 널려 있고, 마른나무가
언덕에 가득하고, 나무에는 말라 죽은 가지들이 달려 있고, 땔
감이 곳곳에 널려 있는데, 성냥이 없다니. 옛날 사람들은 어떻
게 불을 피웠을까? 나뭇가지 두 개를 서로 문질렀을까?'

작은 주머니에 들어 있는 버찌를 그늘에 내려놓고 나뭇가지
두 개를 집어 들었다. 10분 정도 문지른 뒤 만져 보았지만 나뭇
가지는 차갑기만 했다.

'이게 아냐. 옛날 사람들은 이렇게 불을 피우지 않았을 거야.'

브라이언은 짜증을 내며 나뭇가지를 집어 던졌다. 결국 불을
피우지 못했다. 하지만 은신처는 편하게 지낼 수 있게 고칠 수
있었다. 갑자기 '안전하게'라는 말이 머리를 스쳤는데, 왜 그
말이 떠올랐는지는 알 수 없었다.

'그냥 둘러싸기만 하면 될 거야. 은신처를 조금 둘러싸기만
하면 된다고.'

브라이언은 언덕에서 긴 나뭇가지를 끌어내려 옮기면서도 호
수와 등성이에서 눈을 떼지 않았다. 나뭇가지들을 엮어 바위 앞
쪽을 가로지른 벽을 만들었다. 벽을 만드는 데 두 시간 이상이

걸렸다. 아직 몸에 힘이 없어서 네댓 번 일을 멈췄고, 한 번은 배가 욱신거려서 잠시 쉬었다.

'버찌를 너무 많이 먹었어.'

하지만 통증은 곧 사라졌다. 호수 가까이 있는 오른쪽 끝 구멍을 빼고 돌출부 앞쪽이 전부 가려질 때까지 벽 만드는 일을 계속했다. 출입구의 크기는 1미터쯤 되었다. 드디어 경사진 바위 앞쪽으로 벽이 완성되고 길이 5미터, 폭 3미터쯤 되는 방이 만들어졌다.

"좋아, 아주 좋아……."

해가 지고 서늘해지면서 모기 떼가 다시 몰려들었다. 아침처럼 심하진 않았지만 모기들은 여전히 지독했다. 계속해서 팔로 모기 떼를 털어 냈다. 지친 브라이언은 버찌들을 은신처 안쪽에 쌓아 두고 윈드브레이커를 입었다. 찢어진 윈드브레이커로 겨우 팔을 가릴 수 있었다.

어둠이 순식간에 밀려왔다. 브라이언은 윈드브레이커로 몸을 가린 채 바위 밑으로 기어 들어가 잠을 청했다. 피곤하고 온몸이 욱신거렸지만 잠은 쉽게 오지 않았다. 저녁의 서늘한 기온이 한밤의 차가운 기온으로 바뀌면서 기승을 부리던 모기 떼가 잠잠해졌다. 브라이언은 그제야 겨우 잠들 수 있었다.

낮에 먹은 버찌가 뱃속에서 활동하기 시작할 무렵, 마침내 브라이언은 잠들었다.

ㄱ

"엄마!"

브라이언이 비명을 질렀다. 비명 때문에 잠이 깬 건지, 배가 아파서 깬 건지 분간할 수 없었다. 욱신거리는 배를 움켜쥔 채 어둡고 비좁은 은신처에서 아픔에 겨워 몸을 웅크렸다. 모래에 얼굴을 묻고 끙끙거리며 신음 소리를 내기도 했다.

"엄마, 엄마, 엄마……."

이렇게 아픈 적은 없었다. 뱃속에서 버찌 씨들이 한꺼번에 폭발하며 온몸을 갈가리 찢는 것 같았다. 출입구를 빠져 나와 모래로 기어갔지만 계속 속이 울렁거렸다. 조금 더 기어갔을 때 다시 구역질이 났다. 속을 모두 비워 내고 온몸의 기운이 전부 빠져 버릴 때까지 한 시간 넘게 구토와 지독한 설사를 했다. 시간이 일 년 이상 흐른 것 같았다.

다시 은신처로 기어 들어가 쓰러졌지만 좀처럼 잠이 오지 않았다. 모래에 누워 있는 것말고는 아무 일도 할 수 없었다.

브라이언은 다시 지난 일을 떠올렸다.

상점가의 모습이 떠올랐다. 어머니는 그 남자와 스테이션 왜건에 나란히 앉아 있었다. 어머니가 남자에게 몸을 기울여 키스를 했다. 이마나 볼에 하는 가벼운 입맞춤이 아니라 키스였다. 머리를 비스듬히 돌린 어머니는 아버지가 아닌 다른 남자의 입술에 키스를 하고 있었다. 어머니는 키스하는 동안 손을 들어 금발 남자의 뺨과 이마를 쓰다듬었다. 브라이언은 그 장면을 똑똑히 보았다. 브라이언은 어머니와 금발 남자의 다정한 모습을 보았다. 아버지가 아직도 모르고 있는 비밀, 어머니가 키스하는 장면을 목격했던 것이다.

기억이 너무나 또렷해서 그 날 상점가의 열기까지 느낄 수 있을 정도였다. 테리가 고개를 돌려 어머니를 쳐다보지 않을까 마음 졸였던 일도 생각났고, 테리가 어머니를 보게 되었을 때 자신이 느낄 수치심을 생각하며 두려워하던 순간도 떠올랐다. 기억이 점점 희미해지면서 다시 잠이 들었다.

눈을 떴다.

어디에 있는지 알 수 없었다. 아직도 꿈 속에서 헤매고 있는 것 같았다. 열린 출입문으로 들어온 햇빛을 보고 윙윙거리는 모기 소리를 듣고 나서야 자신이 어디에 있는지 알 수 있었다. 얼굴을 더듬었다. 이틀 동안 모기에 물린 얼굴이 뭇매를 맞은 것처럼 잔뜩 부어 올랐다. 얼굴은 혹과 물린 상처로 뒤덮였다.

하지만 놀랍게도 부풀어올랐던 이마는 많이 가라앉아 거의 원래 모습으로 돌아와 있었다.

지독한 냄새가 났지만 어디서 나는 냄새인지는 알 수 없었다. 잠시 뒤, 은신처 안쪽에 쌓아 둔 버찌 더미를 보고 나서야 지난밤 일이 떠올랐다. 다시 속이 울렁거렸다.

"버찌를 너무 많이 먹었어. 끔찍한 버찌를 너무 많이 먹었단 말이야."

은신처에서 기어 나와 지난밤에 버찌를 게워 냈던 곳을 찾았다. 브라이언은 나뭇가지로 모래를 덮어 지난밤의 흔적을 감추고는 호수로 내려갔다.

새벽이 조금 지난 이른 아침이었다. 호수는 얼굴을 비쳐 볼 수 있을 정도로 잔잔했다. 브라이언은 물에 비친 자신의 얼굴을 보고 깜짝 놀랐다. 갈라진 채 피가 맺힌 얼굴은 잔뜩 부어 올라 울퉁불퉁했고 머리카락은 엉클어져 있었다. 이마에 있던 상처는 없어졌지만 머리카락에는 피와 딱지가 엉겨붙어 있었다. 모기에게 물린 눈이 잔뜩 부어 올랐다. 게다가 어찌 된 일인지 온몸에 먼지를 뒤집어쓰고 있었다. 손으로 호수를 내리쳐서 물에 비친 모습을 지워 버렸다.

'추해. 너무 추해.'

브라이언은 순간적으로 자기 연민에 빠졌다. 더럽고, 추하고, 굶주렸고, 모기에 물렸고, 다쳤고, 외롭고, 두려웠다. 빠져 나갈 길이 없는 깊고 어두운 구덩이에 빠진 것 같은 비참한 기분이었다.

호수 기슭에 앉아 울음을 참고 있었다. 하지만 마침내 울음을 터뜨리고 말았고 얼마 동안 흐느껴 울었다. 자기 연민에 가득 차서 헛되이 흘리는 눈물이었다.

다시 호수로 걸어가 물을 마셨다. 차가운 물이 위에 들어가자 배가 고팠다. 일어선 채 허기가 가라앉을 때까지 배에 손을 얹고 있었다.

먹어야 했다. 배가 고파서 다시 힘이 빠졌다.

버찌가 있는 은신처로 발길을 돌렸다.

'정말 끔찍한 버찌야. 이번엔 조금만 먹어야지.'

어제처럼 그렇게 무모할 정도로 많은 양이 아니라 배고픔을 달랠 수 있을 만큼만 먹어야겠다고 생각했다. 버찌 때문에 겪은 지난밤의 일을 잊을 수가 없었다.

은신처로 기어 들어가 버찌 위에 앉아 있는 파리들을 쫓았다. 옅은 빨간색 버찌가 아니라 무르익은 적갈색 버찌만 골랐다. 잘 익은 버찌를 한 움큼 쥐고 호수로 가서 물에 씻었다. 물을 튀기자 작은 물고기들이 사방으로 흩어졌다. 낚싯줄과 낚싯바늘이 있으면 좋겠다는 생각을 하고는 씨를 뱉어 가며 조심스럽게 버찌를 먹었다. 버찌는 여전히 시큼해서 입술이 얼얼했지만 약간 단맛이 났다.

버찌를 다 먹어도 여전히 배가 고팠다. 하지만 한창 기승을 부리던 허기는 한풀 꺾였고, 먹기 전보다 다리에 힘이 붙은 게 느껴졌다.

다시 은신처로 들어갔다. 남아 있는 버찌들을 검사하여 잘 익은 것은 한쪽 나뭇잎 위에 쌓아 놓고, 설익은 것은 다른 쪽 나뭇잎 위에 쌓아 놓았다. 버찌를 분류하는 데 30분이나 걸렸다. 호숫가에서 뜯어 온 풀로 버찌 더미를 덮어 파리들이 꼬이지 못하게 하고는 다시 밖으로 나왔다.

'지독한 버찌이긴 해도 음식은 음식이야. 다른 음식을 찾지 못하면 오늘 저녁에 또 먹어야 될지도 몰라.'

하루의 시간이 남아 있었다. 나무들 사이로 하늘을 올려다보았다. 구름이 끼긴 했지만 사방으로 흩어지는 걸로 봐서 비구름은 아닌 것 같았다. 가벼운 산들바람이 불면서 모기들의 기세가 주춤해졌다.

'이런 열매가 있다면 다른 종류의 열매도 있을 거야. 더 달콤한 열매가.'

호수 기슭을 따라 위쪽으로 눈길을 돌렸다. 어제처럼 호수에서 눈을 떼지 않는다면 집을 찾는 데 아무 문제 없을 것 같았다.

브라이언은 갑자기 그 자리에 멈춰 섰다.

'집이라고? 사흘, 아니 이틀. 사흘이었나? 그래, 오늘은 셋째 날이고, 나는 지금 은신처를 집으로 생각하고 있는 거야.'

몸을 돌려 서툴게 만들어 놓은 은신처를 찬찬히 살펴보았다. 나뭇가지로 만든 꽤 그럴듯한 벽은 세찬 비바람은 몰라도 웬만한 바람은 거의 막아 주었다. 그렇게 형편없는 벽은 아니었다.

나뭇가지를 엮어 만든 벽이 대단한 건 아니었지만 어쨌든 집 모양을 하고 있었다.

'좋아. 저길 집이라고 부르기로 하지.'

다시 호숫가 위쪽으로 걸어갔다. 끔찍한 버찌 덤불을 향해 발걸음을 옮기는 브라이언의 손에는 윈드브레이커로 만든 주머니가 들려 있었다.

'상황이 나쁘긴 하지만 그렇게 나쁜 건 아냐. 더 맛있는 열매를 찾을 수 있을지도 몰라.'

끔찍한 버찌 덤불에 도착하자 발걸음을 멈췄다. 나뭇가지에 새들은 없었지만 버찌는 아직 많이 달려 있었다. 어제까지만 해도 빨간색을 겨우 띠기 시작했던 버찌들이 오늘은 검붉게 익어 있었다. 덤불 앞에 서서 버찌를 따 모아야 할지 잠시 망설였다.

배가 아파서 밤새 고생했던 일이 떠올랐다. 끔찍한 버찌도 음식이긴 하지만 먹기가 쉽지 않았다. 좀더 먹기 좋은 음식이 필요했다.

호수 기슭을 따라 90미터쯤 더 올라가자 바람이 만들어 놓은 오솔길이 나타났다.

'폭풍이 덮친 게 분명해. 여길 이렇게 갈라 놓은 걸 보면.'

불시착할 때 발견했던 오솔길과 비슷한 모습이었다. 나무들은 뿌리째 쓰러진 게 아니라 땅에서 중간 정도 되는 높이에서 구부러지거나 부러져 있었다. 나무 윗부분은 모두 쓰러져 썩었고, 그루터기들은 부러진 치아 모양을 한 채 하늘을 찌를 듯이

서 있었다. 죽은 채 말라 있는 나무들도 곳곳에 널려 있었다. 불을 피울 수 있으면 좋겠다는 생각이 다시 고개를 들었다. 넓은 공터처럼 생긴데다 나무들이 부러져 있어서 햇빛이 땅에 닿을 수 있고 바로 그 곳에 나무딸기로 덮인 작은 가시덤불이 있었기 때문이다.

브라이언이 자주 놀러 가던 공원에 나무딸기 덤불이 있었다. 테리와 자전거를 타고 덤불을 지날 때마다 따 먹곤 해서 나무딸기를 잘 알고 있었다.

잘 익은 나무딸기였다. 단맛이 나는지 알아 보려고 나무딸기 한 개를 따 먹었다. 톡 쏘는 맛이 있기는 하지만 달았다. 덤불에는 나무딸기가 많았고 따기에도 쉬웠다.

나무딸기를 계속 따 먹으면서 이렇게 훌륭한 음식은 처음 먹어 본다는 생각이 들었다. 끔찍한 버찌를 먹었을 때처럼 배가 가득 찼다. 하지만 더 이상 게걸스럽게 뱃속에 채워 넣지는 않았다. 대신에 나무딸기를 따서 윈드브레이커로 만든 주머니에 담았다.

'나는 부자야. 이젠 나도 음식이 많다고. 나는 부자야.'

뒤쪽에서 나지막한 소리가 들렸다. 고개를 돌리니 커다란 곰이 브라이언을 바라보고 있었다.

꼼짝도 할 수 없었다. 아무 생각도 나지 않았다. 딸기즙으로 물든 혀가 입천장에 들러붙은 채, 브라이언은 그저 멍하니 곰을 쳐다보기만 했다. 황갈색 코를 가진 커다란 곰과 브라이언

사이는 6미터도 안 되었다. 곰은 큰 정도가 아니라 거대했고 온몸이 검은 털로 덮여 있었다. 언젠가 동물원에서 곰을 본 적이 있었다. 인도에서 들여온 검은 곰이었다. 하지만 지금 눈앞에 있는 곰은 야생동물이었고, 동물원에서 보았던 곰보다 엄청나게 컸다. 더구나 이 곰은 바로 앞에 있지 않은가!

햇빛이 곰의 등으로 쏟아졌다. 햇빛을 받아 반짝이는 검은 곰은 뒷다리로 선 채 몸을 수그리고 브라이언을 유심히 살폈다. 잠시 뒤, 곰은 몸을 낮추고 천천히 왼쪽으로 움직였다. 곰은 천천히 걸어가면서 섬세하게 입을 움직여 나무딸기를 따 먹었다.

마침내 곰은 사라졌지만 브라이언은 꼼짝도 할 수 없었다. 입천장에 들러붙어 있던 혀가 입 밖으로 조금 나와 있었고, 나무딸기를 따려고 손을 뻗은 그 자세 그대로였다.

"ㅇㅇㅇ."

아무 뜻도 없는, 그저 두려움에서 나오는 소리였다. 눈치채지 못하는 사이에 그렇게 커다란 놈이 가까이 다가올 수도 있다는 사실이 믿기지 않았다. 곰이 덮쳤다면 그저 꼼짝없이 당하고 말았을 것이다. 브라이언의 다리가 저절로 움직였다. 의도하지 않았는데도 다리는 저절로 곰과 반대 방향으로, 은신처를 향해 달리기 시작했다.

무섭다는 생각에 줄곧 달릴 수도 있었다. 하지만 50미터쯤 달렸을 때 속도를 늦추고 이내 멈춰 섰다.

'곰이 마음만 있었다면 너를 해칠 수도 있었어. 무작정 달아날 일이 아니라 생각해 볼 일이야. 그 곰은 사람이 아니라 나무딸기를 먹었어. 곰은 너를 해치거나 위협하려고 하지 않았다고. 곰은 그저 너를 유심히 살피려고 몸을 일으켰던 것뿐이었어. 그러곤 계속해서 나무딸기를 따 먹었잖아. 몸집이 큰 곰이었지만 너를 해치려고 하지는 않았어. 그게 바로 지금 네가 생각해야 할 일이야.'

머릿속에서 다른 사람이 말하는 것 같았다.

몸을 돌려 나무딸기 숲을 보았다. 곰이 사라진 자리에는 새들이 지저귀고 있었다. 브라이언을 해칠 수 있는 건 아무것도 없었다. 그 곳에선 위험이 느껴지지 않았다. 하지만 도시에는 위험한 일이 많았다. 밤에는 위험해서 공원에서 놀 수도 없었다. 하지만 곰은 브라이언을 보고도 계속해서 제 갈 길을 갔다. 그리고 나무딸기가 너무 맛있었다는 생각이 브라이언의 머리를 떠나지 않았다.

'맛있었단 말이야. 달고 감칠맛도 나고.'

더구나 곰은 나무딸기를 나눠 먹는 데 신경 쓰지 않는다는 듯이 등을 돌린 채 제 갈 길을 갔다. 지금 돌아가서 나무딸기를 따 오지 않으면, 오늘 밤에 다시 끔찍한 버찌를 먹어야 한다는 생각이 들었다.

마음을 굳히고 나무딸기가 있는 오솔길로 천천히 걸어갔다. 신경을 곤두세우고 아침 내내 나무딸기를 땄다. 다람쥐가 나무 밑동에서 솔잎을 스치며 바스락거리는 소리를 내는 바람에 화들짝 놀라기도 했다.

정오쯤 되자 구름들이 한데 모이며 먹구름으로 바뀌었다. 곧 비가 내리기 시작했다. 아침 내내 딴 나무딸기를 챙겨 서둘러 은신처로 돌아왔다. 윈드브레이커로 만든 주머니에는 1.5킬로그램쯤 되는 나무딸기가 들어 있었다.

브라이언이 은신처로 막 들어설 때 비가 억수같이 쏟아졌다. 얼마 지나지 않아 은신처 밖에 있는 모래는 비에 흠뻑 젖었고 실개천이 호수로 흘렀다. 하지만 브라이언이 있는 곳은 건조하고 아늑했다. 나무딸기를 잘 익은 버찌 더미 위에 쏟을 때, 나무딸기의 즙이 윈드브레이커에 배어 나온 게 보였다. 부드러운 나무딸기가 무게를 견디지 못하고 으깨진 게 분명했다.

윈드브레이커를 치켜들고 올려다보니 붉은 즙이 맺혀 있었다. 손가락으로 즙을 찍어 먹었다. 딸기즙은 거품이 없는 탄산수처럼 달고 톡 쏘는 맛이 났다. 웃음을 머금은 채 모래에 누워 윈드브레이커로 만든 주머니를 얼굴 위로 치켜들고 딸기즙이 입 속으로 떨어지게 했다.

밖에는 비가 억수같이 쏟아지고 있었지만 브라이언은 누워서 딸기즙을 마실 수 있었다. 은신처 안은 건조했고, 아프고 쑤시던 증상도 거의 사라졌다. 배도 불렀고 입 안에는 달콤한 맛이 감돌았다.

불시착한 뒤 처음으로 자신이 아닌 다른 존재에 대해 생각하게 되었다. 곰도 나무딸기 덤불에서 브라이언을 발견하고 자신처럼 놀라지 않았을까 하는 생각이 들었던 것이다.

저녁 무렵, 호수로 가서 얼굴과 손에 묻은 딸기즙을 씻고 밤을 맞이하기 위해 은신처로 돌아왔다.

곰이 자신을 해치려 하지 않았다는 건 분명했지만 그렇다고 불안한 마음이 말끔히 가신 건 아니었다. 은신처로 어둠이 밀려올 때 허리에 차고 있던 손도끼를 꺼내 머리 옆에 놓았다. 유난히 길었던 하루를 뒤로하고 도끼 손잡이를 쥔 채 잠이 들었다.

8

브라이언은 이상한 소리에 놀라 눈을 번쩍 떴다. 처음엔 짐승이 으르렁거리는 소리라고 생각했다. 하지만 그 소리의 정체는 바람이었다. 소나무 숲에서 부는 바람이 으르렁거리는 소리를 내서 한밤중에 깊이 잠든 브라이언을 깨워 놓은 것이었다.

일어나 앉았을 때 퀴퀴한 냄새가 코를 찔렀다. 덜컥 겁이 났다. 거미줄과 먼지, 오래 된 시체가 있는 묘지가 떠올랐다. 코를 벌름대며 눈을 부릅떴지만 아무것도 보이지 않았다. 은신처에는 냄새만 가득했다. 곰도 떠올랐고 공포 영화에서 본 빅풋*과 온갖 괴물들이 떠올랐다. 가슴이 두근거리면서 숨이 턱까지 차올랐다.

잠시 뒤엔 뭔가 스치며 슬슬 미끄러지는 소리가 발 근처에서

*빅풋(Bigfoot) : 미국과 캐나다의 태평양 연안 산중에 출몰한다는 손이 길고 털이 많은, 사람처럼 생긴 동물. 발자국이 크다는 데서 생겨난 이름.

들렸다. 브라이언은 뭔가를 발로 힘껏 걷어차면서 소리나는 쪽으로 손도끼를 집어 던졌다. 브라이언의 입에서 신음 소리가 새어나왔다. 하지만 손도끼는 빗맞았고, 허공을 가른 손도끼가 바위벽에 부딪치며 불꽃을 튀겼다. 갑자기 바늘 수백 개가 한꺼번에 꽂힌 듯 다리가 쑤셨다.

"으아악!"

아프고 무서워서 지른 비명이었다. 엉덩이를 빼고 구석으로 재빨리 몸을 움직였다. 브라이언은 숨을 몰아쉬면서 주위를 살폈다.

슬슬 미끄러지던 물체가 다시 움직였다. 브라이언은 처음에 그 물체가 자신을 향해 움직이는 줄 알고 겁에 질려 숨을 멈췄다. 어둠 속에서 살아 꿈틀거리는 작고 거무스름한 물체가 보였다. 잠시 뒤, 소리를 내던 물체가 출입문을 빠져 나가는 것 같았다.

비스듬히 누워 있다가 숨을 멈췄다. 한밤중에 들이닥친 침입자가 돌아갔는지 귀를 기울여 보았다. 거무스름한 물체가 다시 돌아오지는 않을 것 같았다. 장딴지를 만져 보았다. 통증은 어느새 다리 전체로 퍼져 있었다.

바지를 뚫고 장딴지에 박힌 바늘을 손가락으로 조심스럽게 만져 보았다. 살에 박힌 바늘 끝은 뻣뻣하고 뾰족했다. 한밤의 침입자가 누구였는지 알 수 있었다. 고슴도치 한 마리가 은신처로 우연히 들어왔고, 브라이언이 발로 걷어찰 때 고슴도치

가시가 박힌 것이었다.

조심스럽게 가시를 만져 보았다. 수십 개나 되는 가시가 박힌 것처럼 아팠지만 바지를 뚫고 살에 박힌 건 겨우 여덟 개였다. 잠시 벽에 등을 기댔다. 가시를 그대로 둘 수는 없었다. 가시를 뽑아야 했다. 하지만 살짝 건드리기만 해도 아팠다.

'정말 빨라. 여기선 모든 게 빨리도 변해.'

잠들 무렵에는 모든 게 만족스러웠는데 눈 깜짝할 사이에 상황이 바뀌고 말았다. 가시를 잡은 채 숨을 멈췄다가 순간적으로 뽑았다. 눈물이 핑 돌 정도로 아팠지만 계속해서 가시를 뽑았다. 가시 네 개를 뽑고는 잠시 손을 멈췄다. 가시에 찔린 장딴지에서 느껴지던 아픔이 다리 전체로 퍼지면서 화끈거렸다.

깊이 박힌 가시는 뽑을 때 부러지기도 했다. 심호흡을 하고 남아 있던 가시들을 뽑기 시작했다. 순간적으로 획 하고 가시를 빼고는 잠시 쉬어야 했다. 같은 동작을 네 번 반복하고 나서야 어둠 속에 몸을 누일 수 있었다. 아픔과 함께 새로운 자기 연민이 밀려들었다.

'어둠 속에 혼자 있고, 다리도 아프고, 모기들까지 다시 덤벼들고……'

브라이언은 울음을 터뜨렸다.

'모든 게 너무 힘들어. 도저히 감당할 수 없어. 불도 없이 어둠 속에 혼자 있어야 하고, 다음 번에는 더 나쁜 상황이 벌어질 수도 있잖아. 고슴도치가 아니라 곰이 은신처로 들어올 수도

있어. 그렇게 되면 다리에 가시가 박히는 정도가 아닐 거야. 정말 못 견디겠어.'

구석에 등을 기대고 똑바로 앉았다. 팔짱을 낀 채 무릎 위에 얼굴을 파묻었다. 왼쪽 다리가 뻣뻣했다. 브라이언은 흐느껴 울다가 나중에는 엉엉 소리를 내며 울었다.

얼마나 울었는지 알 수 없었다. 하지만 나중에 돌이켜보았을 때 어두운 은신처 구석에서 울던 그 때가 생존을 위해 가장 중요한 법칙을 깨달은 시간이었다는 생각이 들었다. 중요한 법칙이란, 자기 연민은 아무 소용이 없다는 사실이었다. 자기 연민이 단지 나쁘다거나 틀렸다는 정도가 아니었다. 자기 연민은 아무 도움도 되지 않았다. 어둠 속에 홀로 앉아 소리내어 울다가 그쳤을 때, 바뀐 건 아무것도 없었다. 다리는 계속 아팠고, 주위는 아직 어두웠고, 여전히 혼자였다. 자기 연민으로 인해 할 수 있는 일은 아무것도 없었다.

마침내 다시 잠이 들었지만 마음놓고 잘 수가 없었다. 아주 깊이 든 잠이 아니라 꾸벅꾸벅 조는 정도였다. 부스럭거리는 소리에 놀라 두 번이나 잠에서 깼다. 동이 트면서 새로운 모기떼가 구름처럼 몰려들어 잠을 깨웠다. 깨어나기 전에 꿈을 꾸었는데, 꿈 속에 나타난 건 어머니나 그 비밀이 아니라 아버지와 테리였다.

첫 번째 꿈에서 아버지는 브라이언을 바라보며 거실 한구석에 서 있었다. 표정으로 봐서 아버지는 뭔가를 말하려고 안간힘을 쓰는 게 분명했다. 아버지의 입술은 계속 움직였지만 속삭이는 소리조차 들리지 않았다. 아버지는 손을 들어 무슨 글자를 갈겨쓰는 흉내를 냈다. 아버지는 입 모양을 크게 해서 무슨 단어를 만들어 보였지만 아무래도 이해할 수 없었다. 그 때 입술이 '음'하고 굳게 다문 모양이었지만 아무 소리도 들리지 않았다.

"음……마."

브라이언은 그 소리를 들을 수도, 이해할 수도 없었다. 그 말은 아버지가 말하려는 걸 이해할 수 있는 중요한 단서인 것 같았다. 하지만 브라이언이 아무리 귀를 기울여도 아버지가 하는 말을 알아들을 수 없었다. 아버지는 브라이언을 도와 주려고 안간힘을 썼다. 끝내 브라이언이 알아듣지 못하는 기색을 보이자 아버지는 시무룩한 표정을 지었다. 그 표정은 브라이언이 아버지가 한 말을 잘 이해하지 못해 한 번 이상 질문을 할 때마다 짓던 표정이었다. 아버지는 곧 안개 속으로 사라졌고, 더 이상 아버지를 볼 수 없었다. 꿈이 거의 끝났다고 생각했을 때 테리가 나타났다.

테리는 아버지처럼 손짓하지는 않았다. 테리는 바비큐 화덕을 바라보며 공원 벤치에 앉아 있었다. 한동안 아무 일도 일어나지 않았다. 잠시 뒤, 벤치에서 일어선 테리가 가방에서 숯을 꺼내 화덕에 집어 넣었다. 그러고는 기름을 붓더니 라이터를 꺼내 불을 붙였다. 기름에 불이 붙고 숯이 벌겋게 타오르자 테리가 처음으로 브라이언에게 아는 척을 했다. 몸을 돌린 테리는

82

"봐, 불이야." 하고 말하려는 듯이 웃으면서 불을 가리켰다.

브라이언도 불이 있으면 좋겠다는 생각을 했지만 테리가 하는 행동은 아무 의미도 없었다. 테리 옆에 있는 탁자 위에는 식료품 자루가 있었다. 브라이언은 자루 안에 틀림없이 핫도그와 감자튀김, 겨자 따위가 들어 있을 거라고 생각했다. 머릿속은 온통 음식 생각뿐이었다. 하지만 테리는 고개를 저었고 두 번이나 더 불을 가리켰다. 브라이언은 테리가 가리키는 대로 불꽃을 보면서 화가 치밀었다.

'좋아, 좋다고! 불을 봤어. 그래서 어쨌다는 거야? 나한텐 불이 없어. 불이 어떤 건지는 나도 알아. 불이 필요하다는 것쯤은 나도 잘 안다고!'

눈을 떴을 때, 어스름한 아침 기운이 은신처를 희미하게 밝혔다. 입을 훔치고 나무막대기처럼 뻣뻣하게 굳은 다리를 움직여 보려 했다. 목이 마르고 배도 고파 나무딸기를 먹었다. 나무딸기는 조금 상해 짓물렀지만 여전히 달콤했다. 나무딸기를 입천장에 대고 혀로 으깨서 달콤한 즙을 마셨다. 그 때 햇빛에 반짝이는 금속이 브라이언의 시선을 끌었다. 어둠 속에서 고슴도치를 향해 던졌던 손도끼가 바닥에 떨어져 있었던 것이다.

뻣뻣한 다리를 구부리다 아파서 움찔했다. 손도끼가 떨어진 곳으로 기어갔다. 도끼날에 이가 조금 빠져 있었다. 많이 상한 건 아니었지만, 손도끼는 중요한 물건이었고 브라이언이 가지고 있는 유일한 도구라고 할 수 있었다. 손도끼를 함부로 던져

서는 안 되겠다고 생각했다. 손도끼는 늘 지니고 있어야 하고, 그것으로 동물을 쫓아 버릴 수 있는 도구를 만들어야 했다.

'될 수 있는 대로 몽둥이나 창 같은 걸 만들어 쓰고 도끼는 아껴야지.'

손도끼를 집어 들 때 꿈 속에 나타났던 아버지와 테리의 얼굴이 떠올랐다. 하지만 그 순간 왜 그들의 얼굴이 떠올랐는지 알 수 없었다.

"아, 그래!"

브라이언은 밖으로 나와 아침 해를 향해 기지개를 켰다. 손도끼는 여전히 손에 들려 있었다. 팔을 뻗어 머리 위로 손도끼를 들어올리자 아침 햇살이 도끼로 쏟아졌다. 이른 아침에 번지는 희미한 햇살이 손도끼에 부딪치며 황금빛으로 반짝였다.

'바로 이거야! 아버지와 테리가 꿈 속에서 말하려고 했던 게 바로 이거라고!'

손도끼는 불을 얻을 수 있는 열쇠였다. 고슴도치한테 던진 손도끼가 바위벽에 부딪쳤을 때, 황금빛 불꽃이 어둠 속에서 번쩍했던 것이다.

손도끼가 해답이었다. 바로 그게 아버지와 테리가 말하려던 것이었다. 손도끼를 이용하면 불꽃으로 불을 피울 수 있을 거라는 생각이 들었다.

은신처로 돌아와서 유심히 벽을 살폈다. 벽은 분필처럼 흰 화강암이나 사암이었는데, 단단하고 거무스름한 바윗덩어리들이 간간이 박혀 있었다. 손도끼가 부딪쳤던 자리는 금방 찾아 낼 수 있었다. 거무스름한 바위 모서리에 자국이 나 있었다. 편평한 도끼날 뒷면으로 바위를 내리치려고 도끼날을 돌려 잡았다. 도끼날로 거무스름한 바위를 천천히 내리쳤다. 너무 약하게 내리쳤는지 아무런 변화도 일어나지 않았다. 조금 세게 내리치자 바위에서 희미한 불꽃이 두세 개 정도 튀었다가 사라졌다.

더 세게 내리치자 거무스름한 바위에서 불꽃이 튀었다. 쏟아진 불꽃들이 바위 아래에 있는 모래로 떨어졌다. 브라이언은 웃으면서 쉬지 않고 손도끼를 내리쳤다.

'불을 피울 수 있을 거야. 나한테도 불이 생긴다고. 손도끼로 불을 피울 수 있단 말이야.'

9

불꽃으로 불을 피우는 일은 생각만큼 쉽지 않았다.

불꽃에 불을 붙이기 위해선 부싯깃이나 불쏘시개가 필요했지만, 지금으로선 구할 수가 없었다. 마른풀을 깔고 불꽃을 튀겨 보았지만, 불꽃은 금방 꺼지고 말았다. 가느다란 나뭇가지를 잘게 잘라 놓고 불꽃을 튀겨 보기도 했다. 결과는 마른풀보다도 좋지 않았다. 나중에는 풀과 가는 나뭇가지를 섞어 놓고 불꽃을 튀겨 보기도 했다.

결국 불을 피우지 못했다. 불꽃을 일으키는 건 어렵지 않았지만 풀이나 나뭇가지에 옮겨 붙게 하기엔 쉽지 않았다.

풀과 나뭇가지 뭉치를 한심스럽다는 듯이 바라보던 브라이언은 화가 나서 털썩 주저앉고 말았다.

불을 붙이려면 솜털처럼 부드럽고 가는 게 필요했다. 잘게 찢은 종이가 제격이겠지만 종이는 없었다.

"그거야. 바로 그거야……."

손도끼를 다시 허리에 차고 아픈 다리를 절뚝거리면서 은신처 밖으로 나왔다.

'방법이 있어. 분명히 방법이 있단 말이야. 인간은 불을 피웠어. 인간은 수천 년, 아니 더 오래 전부터 불을 사용했어. 틀림없이 무슨 방법이 있을 거야.'

브라이언은 호주머니를 뒤져 지갑에 들어 있는 20달러짜리 지폐를 꺼냈다.

'여기선 쓸모없는 휴지 조각에 불과하지만 불을 피우는 데는 요긴하게 쓸 수 있을지도 몰라.'

20달러짜리 지폐를 잘게 찢어 쌓아 놓고 불꽃을 튀겼다. 하지만 불꽃은 여전히 지폐에 옮겨 붙지 않았다.

'분명히 방법이 있을 텐데……. 불을 피울 수 있는 무슨 방법이 있을 텐데.'

오른쪽으로 6미터쯤 떨어진 곳에 호수 위로 드리워진 자작나무 가지가 보였다. 한참 동안 그 가지를 지켜보고 나서야 생각이 떠올랐다. 하얀 나뭇가지는 얼룩진 종이처럼 보이는 껍질로 둘러싸여 있었다.

종이였다!

브라이언은 자작나무 쪽으로 걸음을 옮겼다. 줄기에서 벗겨진 나무껍질이 솜털처럼 작은 덩굴 모양으로 부풀어올라 있었다. 나무껍질을 벗겨 손가락에 돌돌 말았다. 바싹 마른 나무껍질은 실처럼 가늘어서 불이 잘 붙을 것 같았다. 나뭇가지를 잡아당겨 부러뜨렸다. 야구공 크기만한 뭉치가 될 때까지 오른손으로 나무껍질을 벗겨 왼손에 모으는 일을 계속했다.

은신처로 돌아와 거무스름한 바위 밑에 자작나무 껍질 뭉치를 늘어놓았다. 혹시나 하는 마음에 지폐 조각도 자작나무 껍질 위에 얹었다. 손도끼를 내리치자 나무껍질 위로 불꽃이 쏟아졌지만 불이 붙지는 않았다. 불꽃 하나가 실처럼 가는 나무껍질에 떨어져 조금 타다가 꺼졌을 뿐이었다.

불을 붙이려면 부드럽고 가는 연료가 있어야 했다.

'불꽃에 불을 붙이려면 연료가 있어야 해. 완벽한 연료가 아니면 불꽃이 옮겨 붙지 않을 거야.'

처음엔 손톱으로 나무껍질을 찢다가 나중에는 손도끼로 찢었다. 머리카락처럼 가늘게 찢긴 은백색의 나무껍질은 눈에 잘 보이지 않을 정도였다. 나무껍질을 찢는 데 손이 많이 가서 두 시간 넘게 나무껍질 찢는 일에 매달려야 했다. 딸기와 물을 먹기 위해 잠시 쉬고는 일을 계속했다. 해가 등 뒤에 있을 때 자작나무 껍질로 만든 야구공만한 솜털 덩어리를 만들 수 있었다.

엄지손가락으로 솜털 덩어리에 작은 홈을 만든 뒤 바위 밑에 두고는 손도끼 뒷날로 내리쳤다. 한 무리의 불꽃들이 쏟아졌지만 대부분은 비껴 가고, 서른 개 정도의 불꽃만이 솜털 덩어리에 닿았다. 그 중에서 예닐곱 개의 불꽃이 나무껍질에 옮겨 붙어 연기를 내면서 피어 올랐다. 하지만 이내 꺼져 버렸다.

조금만 더 하면 나무껍질에 불이 붙을 것 같았다. 이번에는 엄지손가락으로 더 작은 홈을 만든 뒤 다시 바위 밑에 두고 손도끼로 힘껏 내리쳤다.

더 많은 불꽃들이 쏟아졌지만 약간 피어 오르다 이내 꺼져 버렸다.

'문제는 나한테 있는 거야. 뭔가 잘못하고 있는 거야. 동굴 생활을 했던 크로마뇽인 같았으면 지금쯤 벌써 불을 피웠을 거야. 하지만 나는 어떻게 불을 피우는지 몰라.'

불꽃이 모자라서 불이 안 붙을 수도 있었다. 한 번 더 작은 홈을 만들어 놓고 손도끼로 힘껏 바위를 내리쳤다. 황금빛 불꽃이 폭포처럼 쏟아졌다. 하지만 나무껍질에 옮겨 붙은 불꽃은 금세 꺼져 버렸다.

'배고파. 불꽃도 나와 같은 신세야. 불꽃도 배가 고픈 거야. 양이 문제는 아니었어. 불꽃이 많았는데도 제대로 붙지 않았어. 다른 게 필요한 거야. 지금 같아선 성냥 한 갑을 얻을 수만 있다면 살인도 저지를 수 있을 것 같아. 성냥 한 갑, 아니 한 개비만이라도 얻을 수 있다면 사람을 죽일 수 있을 것 같다고. 도대체 어떻게 불을 피우지?'

자연 수업 시간을 떠올렸다.

'불 피우는 법을 배운 적이 있었나? 선생님이 수업 시간에 불 피우는 방법을 알려 주신 적이 있었나?'

브라이언은 고개를 저으며 정신을 집중했다.

'불 피우는 데 필요한 게 뭐지? 먼저 연료가 있어야 할 거야.

연료는 있어. 나무껍질이 바로 연료지. 다음엔 산소, 바로 공기가 있어야 해.'

공기가 필요하다는 걸 깨달았다.

다시 솜털 덩어리에 작은 홈을 만들었다. 손도끼를 들고 팔을 뒤로 젖히며 잠시 긴장했다가 손도끼를 연달아 내리쳤다. 불꽃이 쏟아지자 민첩하게 몸을 구부려 입김을 불었다. 하지만 너무 세게 부는 바람에 나무껍질에 떨어진 불꽃이 잠깐 시뻘겋게 빛나다 꺼졌다.

다시 손도끼를 내리치자 많은 불꽃이 쏟아졌다. 몸을 구부려 이번에는 부드럽게 입김을 불었다. 입 속에 공기를 모았다가 머리카락처럼 가느다란 나무껍질 뭉치에 떨어진 대여섯 개의 불꽃을 향해 입김을 불었다.

부드러운 입김에 불꽃이 커졌다. 나무껍질로 옮겨 붙은 불꽃이 점점 커지더니 나무껍질 위를 기어가는 빨간 벌레 모양으로 바뀌었다. 불이 실처럼 가는 나무껍질에 옮겨 붙었다. 마침내 불은 점점 커져 동전 크기만한 불꽃이 되었다.

숨을 들이쉬려고 잠시 멈췄을 때, 갑자기 시뻘건 불꽃이 확 타올랐다.

"불이야! 불을 피웠어! 내가 불을 피웠다고!"

브라이언은 탄성을 질렀다.

불길은 걷잡을 수 없이 빨리 타올랐다. 불길은 나무껍질이 휘발유라도 되는 것처럼 순식간에 타올랐다. 장작을 지펴 불길이 계속 타오르게 해야만 했다. 마른풀과 나뭇조각을 불타는 나무껍질 위에 올려놓고는 흡족한 표정으로 불길을 지켜보았다. 하지만 마른풀과 나뭇조각도 금방 타 버렸다. 더 많은 땔감이 필요했다. 불길이 꺼지게 놔 둘 수는 없었다.

은신처를 빠져 나온 브라이언은 소나무가 있는 곳으로 달려가 낮은 곳에 달린 나뭇가지를 꺾었다. 은신처에 나뭇가지를 던져 놓고는 다시 소나무가 있는 곳으로 달려갔다. 잠시 뒤, 은신처로 돌아온 브라이언은 쪼그리고 앉아 불길 속으로 나뭇가지를 집어 넣었다. 작은 나뭇가지에 불이 옮겨 붙자 밖으로 나와 더 큰 나무를 찾았다. 큰 나무에 불이 옮겨 붙을 때까지 긴장을 늦출 수 없었다. 큰 나무에 불길이 옮겨 붙는 걸 확인하고 나서야 출입문 버팀대에 기대 앉아 웃을 수 있었다.

'친구가 생겼어. 나한테도 친구가 생겼다고. 밥을 달라고 계속 보채기는 하지만 좋은 친구야. 불이라는 친구가 생겼다고.'

불길을 보며 입을 열었다.

"반갑다, 친구야……."

경사진 바위 안쪽은 굴뚝 같았다. 연기는 갈라진 천장 틈으로 빠져 나갔지만 열기는 고스란히 은신처 안에 남아 있었다. 불을 크게 키우지만 않는다면 연기는 잘 빠져 나갈 테고, 고슴도치 같은 동물 또한 다시는 들어오지 못하게 할 수 있을 것 같았다.

'친구와 경비원. 작은 불꽃이 많은 걸 만들었어. 자그마한 불꽃에서 친구와 경비원이 태어난 거야.'

자신이 한 일을 누군가에게 들려 주고 자랑을 늘어놓고 싶었다. 하지만 주위엔 나무, 해, 산들바람, 호수뿐이었다.

머리 위로 연기가 피어 올랐다. 브라이언은 아직 웃음이 가시지 않은 얼굴로 생각에 잠겼다.

'아빠는 지금 무얼 하고 있을까? 엄마는? 엄마와 아빠는 함께 있을까?'

10

처음엔 모닥불 곁을 한 발짝도 떠날 수 없었다.

마른나무가 타면서 나는 탁탁거리는 소리와 은신처 안을 환하게 밝혀 주는 노랗고 빨간 불길이 사랑스러워 모닥불 곁을 떠날 수 없었다. 나무들이 있는 곳으로 가서 죽은 나뭇가지를 잘라 은신처로 옮겼다. 커다란 장작더미를 쌓아올리고 나서야 모닥불 옆에 앉아 잘게 자른 나뭇가지를 모닥불에 집어 넣었다. 한낮이 되면서 몸이 화끈거렸지만 쉬지 않고 장작을 지폈다.

"네가 꺼지도록 하지는 않을 거야. 절대로."

브라이언은 불길이 고르게 타도록 하면서 오랫동안 모닥불 곁을 지켰다. 나무딸기를 먹고, 물을 마시려고 자리를 뜬 때를 빼고는 모닥불을 떠나지 않았다. 저녁 무렵, 얼굴은 연기로 더러워졌고 살갗은 열기 때문에 벌겋게 달아올랐다.

브라이언은 앞으로 해야 할 일에 대해 생각해 보았다. 밤을 지내기 위해서는 커다란 장작더미가 필요할 거라는 생각이 들었다. 어두워지면 나무를 찾는 게 힘들어질 테니 해가 지기 전에 나무를 쌓아 두어야 했다.

모닥불에 나무를 집어 넣고 땔감을 찾아 나섰다. 언덕 위쪽으로 올라가 보니 폭풍에 쓰러진 커다란 스트로브 잣나무 세 그루가 엇갈려 있었다. 3, 4일 전 브라이언이 불시착할 때 통과했던 숲 속 길을 만든 폭풍이 분명했다. 잣나무들은 쓰러진 채 말라 있었다. 바싹 마른 나뭇가지들이 많아서 며칠 동안은 땔감 걱정 없이 지낼 수 있을 것 같았다.

나무를 잘라 은신처로 옮겼다. 브라이언은 높이가 자기 키만 하고 바닥 넓이가 2제곱미터쯤 되는 커다란 장작더미를 쌓았다. 나무를 나르는 동안에도 모닥불에 작은 나뭇가지를 집어 넣어 불이 꺼지지 않도록 했다. 나무를 옮기다가 모닥불에 또 다른 이점이 있다는 걸 깨달았다. 나뭇가지를 꺾으며 나무 그늘에 있을 때는 모기 떼가 전처럼 윙윙거리며 달려들었다. 하지만 모닥불 곁으로 돌아오거나 연기가 소용돌이치며 피어 오르는 은신처 근처에만 와도 모기 떼는 사라졌다.

놀라운 발견이었다. 브라이언을 거의 미칠 지경으로 만든 모기 떼로부터 벗어났다는 생각을 하자 기운이 샘솟는 것 같았다. 한번은 나무를 하러 가는 도중에 은신처 쪽으로 고개를 돌린 적이 있었다. 나무들 사이로 소용돌이치며 피어 오르는 연기가 보였다. 브라이언은 처음으로 신호를 보낼 수 있게 된 걸 깨달았다. 불붙은 나뭇가지를 바위 위로 가져가 연기를 피워 올리면 다른 사람이 볼 수 있을 거라는 생각이 들었다.

더 많은 나무가 필요했다. 나무는 끝없이 필요할 것 같았다. 브라이언은 땅거미가 질 때까지 땔감을 옮기며 시간을 보냈다.

어두워지자 잘게 자른 나뭇가지들이 쌓여 있는 모닥불 곁에 앉아 남은 나무딸기를 먹었다. 낮에 땔감을 준비하면서 다리가 풀리긴 했지만 통증은 여전했다. 다리를 문지르다가 생각에 잠겼다.

'불시착한 뒤 처음으로 문제를 해결했어. 어쩔 줄 몰라 주저앉아 있는 게 아니라 내 손으로 뭔가를 했단 말이야. 음식이 다 떨어졌지만 걱정 없어. 내일이면 봉화를 만들고 땔감도 더 장만할 수 있을 거야.'

모닥불이 서늘한 밤 공기를 누그러뜨리자 내일 할 일을 생각하며 잠이 들었다.

깊은 잠에서 깨어나 어둠 속을 바라보았다. 모닥불은 꺼진 것처럼 보였지만 나뭇가지로 휘젓자 아직도 시뻘겋게 빛나는 불씨가 나타났다. 작은 나뭇가지를 얹고 조심스럽게 입김을 불자 불길이 다시 살아났다.

모닥불이 거의 꺼질 뻔했다. 불이 꺼지지 않도록 수면 시간을 줄여야 했다. 어떻게 하면 잠자는 걸 조절할 수 있을지 생각할 때 졸음이 밀려왔다. 다시 잠이 들려는 순간, 밖에서 무슨 소리가 들렸다.

모래를 가로지르며 슬슬 미끄러지듯 끌리는 소리가 전에 고슴도치가 냈던 소리와 비슷했다. 출입문 밖을 내다보았지만 너무 어두워서 아무것도 보이지 않았다.

소리를 내는 게 뭔지 파악하기도 전에 소리는 곧 사라졌다. 모래 위를 미끄러지던 물체가 기슭에서 호수로 들어가는지 철썩 하는 소리가 들렸다. 하지만 모닥불도 있고 나무도 많았으므로 전날 밤 고슴도치가 나타났을 때처럼 걱정되지는 않았다.

깜박 잠이 들었다가 어스름한 새벽녘에 다시 눈을 떴다. 아직 연기를 내며 타고 있는 모닥불에 나뭇가지를 올려놓고 밖으로 나와 기지개를 켰다. 머리 위로 팔을 뻗어 기지개를 켜자 허기가 밀려들었다. 브라이언은 호수를 바라보다가 뭔가 지나간 자국을 발견했다. 자국은 이상했다. 양쪽으로 찍힌 흔적이 있고, 중앙선이 호수에서 나와 작은 모랫더미까지 이어졌다가 다시 호수로 나 있었다.

천천히 걸음을 옮겨 자국 옆에 쪼그리고 앉아 유심히 살폈다. 자국을 남긴 게 뭔지는 몰라도 가운데에는 바닥에 끌린 평평한 부분이 있고, 옆으로 빠져 나온 다리가 밀어 움직인 게 틀림없었다.

호수에서 작은 모랫더미까지 이어진 자국은 다시 호수로 나 있었다.

'동물일 거야. 어떤 수중 동물이 모래로 올라와서는……. 뭘 하러? 장난을 치며 모랫더미를 만들려고? 도시 촌놈, 도시의 생활 방식을 버리지 못하는 도시 촌놈 같으니라고. 잘 알지도 못하면서 쪼그리고 앉아 자국의 정체가 뭔지 알아 내려는 도시 촌놈. 야생동물이 호수에서 기어 나와 모래에서 장난을 친다고? 그게 아냐. 동물들은 그런 짓을 안 해. 동물들은 그런 식으로 시간을 낭비하지 않아.'

브라이언은 웃음을 머금었다.

모래에 자국을 남긴 동물은 분명 무슨 이유가 있어 물에서 기어 나왔을 것이다. 자신의 생각을 바꾸지 않으면 도저히 그 이유를 알아차릴 수 없을 것 같았다.

'그 동물은 무슨 이유가 있어서 물에서 기어 나왔을 거야. 바로 그 이유 때문에. 모랫더미와 관련이 있는 그 이유 때문에.'

손으로 모랫더미 위를 부드럽게 쓸어 보았지만 축축한 모래만 보였다. 틀림없이 어떤 이유가 있을 거라고 생각하며 조심스럽게 모래를 파 내려갔다. 구덩이 속에 탁구공만한 알이 있었다. 브라이언은 그제야 뭔가를 알아차리고 씩 웃었다.

모래에 자국을 남긴 건 거북이었다. 해변으로 올라와서 모래에 알을 낳는 바다거북을 텔레비전에서 본 적이 있었다. 담수호 거북이나 늑대거북일 수도 있었다. 문득 늑대거북에 관한 이야기가 떠올랐다. 알에서 깨어난 늑대거북은 자라면서 몸집이 꽤 커진다고 했다. 지난밤에 잠을 깨운 소리는 늑대거북이 알을 낳으려고 모래 위로 기어가느라 낸 소리가 틀림없을 거라고 생각했다.

브라이언에게는 단순히 거북 알이 아니라 음식이었다. 알을 바라보고 있을 때였다. 위장은 마치 자신의 눈으로 직접 알을 봤거나 위장의 주인이 다른 사람인 것처럼 꼬르륵거리며 음식을 달라고 아우성쳤다. 늘 배가 고팠지만 먹을 게 없을 때는 어떻게든 참을 수 있었다. 하지만 알이 생기자 먹고 싶다는 생각이 간절해졌다. 브라이언의 몸은 호흡이 가빠질 정도로 음식을 원하고 있었다.

구덩이에 손을 넣어 한 번에 한 개씩 알을 꺼냈다. 하얀 알은 모두 열일곱 개였는데, 공처럼 둥글었다. 게다가 가죽같이 질긴 껍질에 싸여 있어서 눌러도 잘 깨지지 않았다.

모래 위에 피라미드 모양으로 알을 쌓아올렸다. 브라이언은 세상을 다 가진 부자가 된 기분이었다. 하지만 알을 어떻게 요리해야 할지 몰랐다.

모닥불이 있었지만 알을 요리할 그릇이 없었다. 더구나 알을 날것으로 먹는다는 생각은 해 본 적이 없었다. 카터 삼촌은 아침마다 우유에 날달걀을 넣어 마셨다. 삼촌이 달걀을 넣은 우유를 마시는 모습을 딱 한 번 본 적이 있었다. 삼촌이 꿀꺽 하는 소리를 내며 미끈거리는 달걀을 삼킬 때 브라이언은 먹은 걸 모두 토할 뻔했다.

알을 날것으로 먹는다는 게 마음에 걸렸다. 하지만 배가 고파 견딜 수 없게 되자 날것으로 먹는다는 게 역겨운 일만은 아닐 것 같다는 생각이 들었다. 메뚜기나 개미를 먹는 원주민들도 있는데 알을 날것으로 먹는 것쯤은 아무것도 아닐 거라는 생각도 들었다.

알을 하나 집어 들어 껍데기를 깨려고 했지만 너무 단단해서 깨지지 않았다. 궁리 끝에 나뭇가지를 깎아 만든 꼬챙이로 알에 구멍을 냈다. 손가락으로 구멍을 크게 하고는 안을 들여다보았다. 그냥 알이었다. 여느 알처럼 노른자위가 있었고, 흰자위는 생각했던 것처럼 하얗지는 않았다.

'그냥 음식일 뿐이야. 요리하지 않은 거북 알이지만 음식은 음식이야.'

호수 건너편으로 시선을 돌리고 알을 입에 갖다 댔다. 눈을 질끈 감고 꿀꺽 삼켜 버렸다.

"으윽……."

기름처럼 미끈거렸지만 알은 그냥 알이었다. 목구멍은 금방이라도 알을 뱉어 버릴 것만 같았다. 하지만 위장에선 알을 받아들였고 더 달라고 아우성치기까지 했다.

두 번째 알은 처음보다 쉽게 목구멍으로 넘어갔고 세 번째 알은 부드럽게 넘어갔다. 모두 여섯 개의 알을 먹어치웠다. 모래 위에 쌓아 놓은 알을 전부 먹어도 배가 부르지 않을 것 같았다. 하지만 이제 그만 먹고 나머지 알은 아껴 두라는 마음의 소리가 들렸다.

밀려오는 허기를 믿을 수가 없었다. 알은 허기를 완전히 깨워 놓았다. 여섯 번째 알을 먹고 나서 껍데기를 깨고는 안을 싹

싹 핥았다. 그리고 이미 속이 비어 버린 다섯 개의 껍데기들까지 핥아먹었다. 껍데기도 먹을 수 있을 것 같았지만 너무 단단해서 삼킬 수가 없었다.

잠시 알에서 물러섰다. 알을 보지 않으려고 일어서서 몸을 돌렸다. 알을 보고 있으면 참지 못하고 손이 갈 것만 같았다.

은신처에 보관해 놓고 하루에 한 개씩만 먹어야겠다고 생각했다. 다시 허기를 진정시켰다. 그 때 구조대원들을 잊고 있었다는 생각이 떠올랐다. 거북 알을 하루에 한 개씩만 먹는다면 남아 있는 알을 모두 먹기 전에 틀림없이 구조대원들이 올 거라는 생각이 들었다.

구조대원들을 잊는다는 건 좋지 않은 일이었다. 계속해서 그들을 생각해야만 했다. 구조대원들을 생각하지 않는다면, 그들 또한 브라이언을 잊을 수 있었다.

희망을 잃지 말아야 했다.

11

일을 해야 했다. 거북 알을 은신처로 옮기면서 더 이상 먹지 않기 위해 마음을 굳게 먹어야 했다. 마침내 알을 고스란히 은신처로 옮겨 파묻을 수 있었다. 알이 눈에 보이지 않게 되자, 알을 먹지 않겠다는 결심을 지키는 게 한결 쉬워졌다.

모닥불에 나뭇가지를 집어 넣은 뒤, 모닥불이 타고 있는 은신처 주변을 정리했다. 주변 정리래야 고작 딸기즙이 묻은 윈드 브레이커를 털어 햇볕에 말리고, 잠을 잤던 모래 위를 편평하게 고르는 일뿐이었다.

하지만 그건 마음과 관련된 일이었다. 브라이언은 아직도 감감무소식인 구조대원들을 생각하며 시름에 잠겨 있었다. 하지만 바쁘게 몸을 움직이고 뭔가 할 일이 있을 때는 마음이 한결 가벼워졌다. 그래서 일을 해야만 했다.

은신처가 정리되자 나무를 더 들여왔다. 사흘 동안 쓸 수 있을 만큼 충분한 땔감을 모닥불 근처에 항상 쌓아 놓기로 마음

먹었다. 친구가 된 모닥불과 함께 하룻밤을 지내고 나서 땔감이 많이 필요하다는 걸 알게 되었다.

오전 내내 숲에서 일했다. 부러뜨린 나뭇가지들을 쪼개거나 잘라 은신처 돌출부 아래에 차곡차곡 쌓았다.

호숫물을 마시기 위해 잠깐 일을 멈췄다. 호수에 비친 얼굴을 보니 이마에 났던 혹이 거의 없어졌다. 이마가 아프지 않은 걸로 봐서 상처는 다 나은 것 같았다. 가시가 박혔던 장딴지에는 별 모양으로 생긴 구멍 자국이 남았지만 다리도 정상으로 돌아왔다. 그리고 호숫가에서 상처를 살피며 서 있을 때, 몸에 변화가 생긴 걸 알 수 있었다.

브라이언은 전에도 살찐 편은 아니었다. 하지만 옆구리에 군살이 조금 있고 몸무게가 조금 무거운 편이었다. 그런데 허리의 군살이 감쪽같이 사라지고 배도 쏙 들어갔다. 또 온몸이 햇빛에 그을려 까맣게 탔고, 모닥불 연기 때문에 얼굴이 가죽같이 변했다. 하지만 몸보다는 마음이 더 많이 바뀌었다.

'나는 달라졌어. 보고 듣는 게 모두 바뀌었어.'

언제부터 바뀌었는지는 모르지만 어쨌든 많은 것들이 바뀌었다. 소리가 날 때 그냥 듣는 게 아니라 무슨 소리인지 분별해 낼 수 있게 되었다. 소리가 나는 곳으로 몸을 돌려 작은 나뭇가지가 부러지거나 공기가 움직이는 걸 알아차릴 수 있었다. 또 소리의 물결에 마음을 싣기라도 하듯 소리를 분간해 냈다. 소리를 들었다고 확실히 깨닫기도 전에 무슨 소리였는지 알 수 있었다. 그리고 덤불 속에서 새가 날개를 퍼덕이거나 호수에 잔물결이 이는 걸 보았을 때, 도시에서처럼 습관적으로 보고 지나치는 게 아니라 정말로 그 모습을 또렷하게 보았다. 모든 부분을 자세히 볼 수 있게 되었다. 새의 날개 전체와 깃털, 깃털 빛깔이나 덤불, 나뭇잎의 크기와 형태를 모두 볼 수 있었다. 호수에 생기는 잔물결 위로 빛이 어떻게 움직이는지도 보았고, 바람이 잔물결을 일으키는 것도 보았다. 또 잔물결이 움직이는 방향을 보면 바람이 어디서 부는지도 알 수 있었다.

그런 모습들이 처음부터 브라이언의 눈에 들어온 건 아니었다. 하지만 이제 그것들은 새사람으로 태어난 브라이언의 일부가 되었다. 그리고 몸과 마음이 조화를 이루며 서로 연결되었다. 이해할 수 없는 일이었다. 어떤 소리를 듣거나 광경을 보면 마음이 몸을 조종했다. 생각할 겨를도 없이 소리나 광경을 향해 몸이 먼저 움직여 채비를 갖추곤 했던 것이다.

일을 해야 했다. 땔감을 장만하고 난 뒤, 봉화를 준비하기로 마음먹었다. 은신처 위의 바위 낭떠러지 꼭대기로 올라갔다. 마침 그 곳에는 편평한 바위들이 있었다.

"나무가 더 있어야겠는걸."

나무들이 쓰러져 있는 곳으로 가서 죽은 나뭇가지를 찾았다. 봉화를 올릴 수 있을 만큼 충분한 나무가 모일 때까지 바위 위에 나뭇가지를 날랐다. 처음엔 봉화를 매일 올리려고 했지만, 그렇게 많은 땔감을 계속 댈 수 없다는 생각에 마음을 바꾸었다. 모닥불을 준비해 놓았다가 비행기 엔진 소리가 들리면 불 붙은 가지를 들고 올라가 모닥불에 불을 붙여야겠다고 마음먹 었다.

마지막 땔감을 가지고 바위 낭떠러지 꼭대기에 올라간 브라 이언은 호수가 내려다보이는 곳에 앉아 쉬었다. 정면으로 보이 는 호수는 브라이언이 있는 곳에서 6미터 정도 아래에 있었다. 불시착을 하고 난 뒤 그런 방향에서 호수를 바라본 건 처음이 었다. 불시착하던 순간을 떠올리자 숨이 차오르면서 다시 공포 가 밀려들었다. 하지만 이내 아름다운 경치에 정신을 빼앗기고 말았다. 경치가 믿을 수 없을 정도로 아름다워 현실이 아닌 것 만 같았다. 브라이언이 앉아 있는 곳에서는 호수뿐만 아니라 초 록색 카펫을 깔아 놓은 듯한 호수 건너편 숲까지 보였다. 새와 곤충 같은 생명들로 가득 차 있는 숲에선 쉬지 않고 윙윙거리거 나 지저귀는 소리가 들렸다.

L자형 호수의 구석에는 커다란 바위가 호수로 뻗어 있었다. 그리고 그 바위 꼭대기에는 옹이투성이의 구부정한 소나무가 용케도 자양분을 찾아 자라고 있었다. 나뭇가지 위에는 볏과 날 카로운 부리가 있는 파란 물총새가 앉아 있었다. 언젠가 보았 던 물총새 그림이 떠올랐다. 물총새가 나뭇가지를 떠나 물 속 으로 뛰어들더니 잠시 뒤에 물을 가르며 나타났다. 물총새는 햇빛을 받아 은빛으로 반짝이는 작은 물고기를 물고 있었다. 물고기를 물고 나뭇가지로 날아간 물총새는 물고기를 두어 번

고쳐 물더니 통째로 삼켜 버렸다.

'그래. 호수에는 물고기가 있고, 물고기는 바로 음식이야. 새가 물고기를 잡을 수 있다면……'

바위 등성이에서 내려온 브라이언은 서둘러 호수 기슭으로 걸어가 물 속을 들여다보았다. 지금까지 물 속을 들여다본 적은 없었다. 물에 반사된 햇빛에 눈이 부셨다. 운동화를 벗고 호수로 5미터쯤 걸어 들어갔다. 그러고 나서 몸을 돌린 채 가만히 서 있었다. 등으로 햇빛이 쏟아졌다. 브라이언은 호수 안을 유심히 살폈다.

잠시 뒤, 호수가 생명으로 가득 차 있다는 걸 깨달았다. 작은 물고기들이 여기저기서 헤엄치고 있었다. 가늘고 긴 물고기와 둥근 물고기 들이 있었는데, 길이가 7~10센티미터쯤 되었다. 조금 큰 물고기들도 있었지만 대부분 작은 물고기들이었다. 호수 기슭에서 깊은 물까지 진흙 바닥이 이어져 있었다. 브라이언은 오래 된 대합조개 껍데기를 보면서 호수에는 틀림없이 대합조개가 있을 거라고 생각했다. 작은 바닷가재처럼 생긴 가재가 빈 대합조개 껍데기에서 빠져 나와 집게발로 진흙을 파헤치며 먹을 걸 찾고 있었다.

작고 동그스름한 물고기들이 브라이언의 다리 가까이까지 헤엄쳐 왔다. 잔뜩 긴장한 브라이언은 물고기를 낚아채려고 첨벙 소리를 내며 물 속으로 재빠르게 손을 찔러 넣었다. 하지만 물고기들은 잽싸게 도망쳤다.

'너무 빨라. 이런 식으로는 어림없어.'

하지만 물고기들은 브라이언이 신기한 듯 곧 돌아왔다. 호수에서 걸어 나오면서 물고기들의 호기심을 이용하면 잡을 수도 있을 것 같다는 생각이 들었다.

낚싯바늘도, 낚싯줄도 없었다. 하지만 어떻게든 물고기들을 얕은 곳으로 유인하고 작은 작살을 만들 수만 있다면 물고기를 잡을 수 있을 것 같았다.

곧고 가는 나무를 찾아야 했다. 호수 위쪽에서 작살감으로 적당해 보이는 버드나무를 본 적이 있었다. 그 버드나무를 잘라 오면 오늘 밤 모닥불 옆에 앉아 손도끼로 깎고 다듬어 작살을 만들 수 있을 거라는 생각이 들었다. 갑자기 모닥불에 장작을 지펴야 한다는 생각이 번쩍 났다. 해를 올려다보니 시간이 꽤 지난 것 같았다.

'지금까지 열심히 일했으니까 거북 알을 먹을 자격이 있어. 디저트까지 있으면 더 근사할 텐데.'

디저트를 떠올리는 게 터무니없다는 생각을 하며 픽 웃었다.

'은신처로 돌아가면 일단 모닥불에 나무를 집어 넣을 거야. 그런데 작살로 쓸 나뭇가지를 찾으면서 호수 위쪽에 있는 나무 딸기도 찾아야 하나?'

머릿속에서 여러 가지 생각이 어지럽게 맴돌았다.

할 일이 많았다.

12

작살로 물고기를 잡으려던 계획은 실패로 돌아갔다.

얕은 곳에서 물고기를 기다렸다. 작은 물고기들이 가까이 다가왔을 때 작살을 찔러 댔다. 하지만 물고기들에 비해 브라이언의 동작은 너무 느렸다. 나중에는 작살을 집어 던지기도 하고 날쌔게 찌르기도 했지만 모두 실패했다. 물고기는 너무 빨랐다.

전날 밤만 해도 작살로 물고기를 잡을 수 있을 거라 생각하고 모닥불 옆에 앉아 조심스럽게 버드나무를 깎았다. 길이가 2미터쯤 되고 밑부분의 지름이 3센티미터쯤 될 때까지 버드나무를 깎았다. 그런 다음 바위벽 홈에 끼워 놓은 손도끼에 작살의 머리 부분을 깎았다. 무딘 끝 부분이 바늘 끝처럼 뾰족해질 때까지 깎고 또 깎았다. 뾰족한 부분이 많을수록 고기를 잡는 데 유리할 거라는 생각이 들었다. 그래서 뾰족한 작살 끝 부분에서부터 20~25센티미터 정도 중앙을 가르고, 그 사이에 나뭇조각을 끼워 넣어 끝 부분이 양쪽으로 갈라진 작살을 만들었다.

두 갈래로 갈라진 작살은 조잡했다. 하지만 은신처 밖으로 나와 작살을 들어올렸을 때는 제법 균형이 잡혀 보였고 효과도 있을 것 같았다.

작살이 마음에 들 때까지 깎고 다듬었다. 많은 시간을 들여 작살을 만들었지만 물고기를 잡을 수는 없었다. 얕은 곳에 서 있으면 물고기들이 몰려들어 브라이언의 다리 주변에서 떼를 지어 헤엄쳤다. 그 중에는 크기가 15센티미터쯤 되는 물고기도 있었다. 하지만 재빠르게 도망치는 물고기들을 잡을 방법이 없었다.

처음엔 작살을 집어 던져 보려 했지만 기회를 잡을 수가 없었다. 작살을 던지려고 팔을 뒤로 젖히기만 해도 물고기들이 놀라 달아났다. 다음에는 수면 위에 작살을 대고 있다가 물고기를 찌르려고 했다. 마침내 작살을 물 속에 집어 넣고 물고기가 작살 바로 앞에 올 때까지 기다렸다. 하지만 작살을 찌르기도 전에 브라이언의 몸짓을 알아차린 물고기들이 쏜살같이 도망쳤다.

작살이 물고기보다 빨리 움직일 수 있도록 작살을 앞으로 튀길 힘이 필요했다.

'발사할 수 있는 끈이나 활. 활과 화살. 가늘고 긴 화살과 화살을 뒤로 잡아당길 활……. 잡고 있던 화살을 놓기만 하면 되는……. 그래, 그거야!'

활과 화살을 '발명'해야 했다. 호수에서 나와 운동화를 신으면서 웃음을 머금었다. 햇볕이 점점 뜨거워져서 셔츠를 벗었다.

'활과 화살이 처음 만들어진 동기도 비슷했을 거야. 원시인이 작살로 물고기를 잡으려고 하다가 잘 안 되니까 활과 화살을 발명했을 거야. 사람들은 뭔가 필요할 때 발명을 하게 되는 거야.'

아침까지 아무것도 먹지 않은 브라이언은 은신처에 파묻어 놓은 거북 알을 한 개 꺼내 먹었다. 나머지 알을 다시 파묻고 모닥불에 굵은 나무를 두서너 개 집어 넣었다. 손도끼와 작살을 챙겨 든 브라이언은 활로 쓸 나무를 찾으러 호수 위쪽으로 출발했다. 셔츠도 안 입고 나무딸기 덤불을 향해 걸어갔지만 몸에 밴 연기 냄새 때문에 곤충들이 덤비지 않았다.

나무딸기는 이틀밖에 지나지 않았는데도 무르익어 있었다. 활을 만들 나무를 발견한 뒤였다면 마음껏 나무딸기를 딸 수도 있었겠지만 시간이 없어서 조금만 따 먹었다. 잘 익은 나무딸기는 달콤했다. 나무딸기 한 개를 따자 다른 나무딸기가 풀 위로 떨어졌다. 손과 뺨이 딸기즙으로 물들었다.

놀랍게도 배가 불렀다. 다시는 배가 부르지 않을 거라고 생각했는데, 앞으로는 허기만 느낄 거라고 생각했는데 이제 배가 불렀다. 거북 알 한 개와 나무딸기 몇 움큼밖에 먹지 않았지만 배가 불렀다. 브라이언은 여전히 쏙 들어간 배를 내려다보았다. 배는 햄버거 두 개와 차가운 슬러시*를 먹었을 때처럼 볼록

*슬러시(slush) : 잘게 조각 낸 얼음 위에 시럽을 쳐서 먹는 음료.

하지는 않았다. 배가 오그라든 게 틀림없었다. 허기가 계속 느껴졌지만 전처럼 심하지는 않았다. 이 정도의 허기는 음식을 먹은 다음에도 느끼던 허기였고, 음식을 찾아 사냥을 나가도록 부추기는 허기였다.

나무딸기 덤불을 둘러보면서 곰이 있는지 확인했다. 등 뒤까지 확인하고는 호수 쪽으로 발길을 돌렸다. 걸어갈 때 작살이 자동적으로 앞으로 나가며 얼굴 앞의 덤불을 헤쳐 주었다. 호수 가장자리에 도착했을 때 왼쪽으로 몸을 돌렸다. 브라이언은 자신이 찾고 있는 게 뭔지 확실하게 알지 못했고, 활로 쓰기에 가장 좋은 나무가 뭔지도 몰랐다. 활을 만들어 본 적도, 쏘아 본 적도 없었다. 하지만 나무는 호수 근처에 있을 거라고 생각했다.

탄력이 있는 어린 자작나무를 보았지만 버드나무처럼 탄력이 있을 것 같지는 않았다.

호수를 따라 중간 정도 올라가 통나무를 넘어서는 순간, 발 밑에서 뭔가 터지며 흩어지는 바람에 깜짝 놀랐다. 깃털로 덮인 폭탄이 터지는가 싶더니 나뭇잎들이 흩어졌다. 브라이언은 깜짝 놀라 엉덩방아를 찧었다. 곧 주위는 조용해졌고, 폭발하던 순간의 모습만 눈앞에 어른거렸다.

부채꼴 모양의 꼬리와 작은 날개를 푸드덕거리며 커다란 소음을 내던 것은 작은 닭 크기의 새였다. 브라이언은 일어나 옷을 털었다. 새의 몸에는 갈색과 회색 얼룩이 있었다. 새를 밟을 뻔한 걸 보면 그렇게 영리한 새는 아닌 것 같았다. 0.5초만 늦었어도 새를 밟을 뻔했다.

'새를 밟았으면 잡아먹을 수도 있었을 텐데. 맨손이나 작살로 새를 잡을 수 있을지도 몰라. 닭하고 비슷한 맛이 날 거야. 엄마가 마늘과 소금을 넣고 오븐에 구울 때 황갈색으로 변하며 탁탁거리는 소리를 내던 통닭처럼……'

고개를 저으며 머릿속에서 통닭의 모습을 지웠다. 호수 기슭을 따라 내려가자 길고 곧은 가지가 달린 나무가 보였다. 나뭇가지를 구부렸다가 놓자 휙 하고 펴졌다. 곧게 생긴 가지를 골라 나무에 연결된 부분을 잘랐다.

나무는 질겼다. 나뭇가지가 갈라지지 않도록 천천히 잘랐다. 나뭇가지 자르는 일에만 열중한 나머지 처음에는 그 소리를 듣지 못했다.

계속해서 윙윙거리는 소리가 들렸다. 곤충이 내는 소리와 비슷했지만 조금 더 날카롭고 일정했다. 브라이언은 어떻게 활을 만들 건지, 손도끼로 활을 만들었을 때 어떤 모양이 될지를 상상하며 나뭇가지 자르는 일에만 신경을 기울였다. 나뭇가지를 거의 잘라 냈을 때, 윙윙거리는 소리가 더 가까이 들려 왔다. 브라이언은 마침내 소리의 정체를 깨달았다.

'비행기야! 엔진 소리야! 멀리서 들리지만 점점 커지고 있어. 드디어 구조대원들이 온 거야!'

나뭇가지와 작살을 내던지고 손도끼만 움켜쥐고는 은신처로 내달렸다. 바위 낭떠러지 위에 불을 피워 구조대원들에게 신호를 보내야 했다. 다리에 힘을 모아 통나무를 뛰어넘고 유령처럼 덤불을 헤치며 달렸다. 숨이 턱까지 차올랐다. 비행기 소리가 점점 크게 들렸다. 브라이언이 있는 곳으로 오고 있는 것 같았다.

바로 브라이언을 향한 것이 아니더라도 가까운 곳을 지나는 소리였다. 브라이언은 짧은 시간 동안 앞으로 벌어질 일을 머릿속에 그렸다.

'불을 피우면 연기를 발견한 비행기가 한 번 선회하고는 날개를 흔들 거야. 호수에 내려앉은 비행기가 호수를 가로질러 올 거고. 조종사는 며칠이 지난 지금까지 살아 있는 나를 보고 깜짝 놀라겠지. 구조대원들은 여기서 나를 데려갈 거야. 바로 오늘 밤이면 아빠와 나란히 앉아 음식을 먹으면서 내가 겪은 모험담을 모두 들려 줄 수 있을 거야.'

상상 속의 모습들이 눈앞에서 어른거렸다. 햇빛에 녹아 버리기라도 한 듯 다리에 힘이 없었다. 윙윙거리는 엔진 소리를 들으면서 은신처로 돌아왔을 때, 불이 붙어 있는 나무막대기가 보였다.

나무막대기를 들고 둔덕이 가장자리를 돌아 날렵하게 낭떠러지를 기어올랐다. 하지만 장작더미의 불길이 커지기 시작할 때 엔진 소리가 작아졌다.

비행기가 방향을 돌렸는지 소리가 갑자기 작아졌다. 손으로 챙을 만들어 햇빛을 가리고 비행기를 직접 눈으로 확인하려고 했다. 하지만 울창한 나무들에 가려 보이지 않았다. 소리가 더 희미해졌다. 다시 무릎을 꿇고 입김을 불면서 풀과 나뭇조각을 얹자 불길이 커졌다. 모닥불이 브라이언의 머리까지 올라왔지만 소리는 사라진 뒤였다.

"여기를 봐요! 연기를 보고 기수를 돌리란 말이에요. 제발 기수를 돌리세요!"

꿈과 희망이 모두 사라졌다. 비행기 엔진 소리도, 아버지의 얼굴도 희미해졌다. 머릿속에 그렸던 여러 가지 모습들이 하나 둘씩 지워졌다.

'제발 돌아오세요. 고개를 돌려 연기를 보란 말이에요. 기수를 돌리세요.'

하지만 엔진 소리는 상상 속에서도 들을 수 없을 정도로 작아졌다.

브라이언은 요란하게 타오르는 모닥불에 얼굴을 그을린 채 하늘로 사라지는 재와 연기를 바라보았다.

'여길 빠져 나갈 수 없을 거야. 아주 오랫동안, 아니 어쩌면 영원히……'

엔진 소리를 냈던 비행기에는 구조대원들이 타고 있었던 게 분명했다. 구조대원들은 비행 계획을 훨씬 벗어난 지점까지 수색하다가 돌아간 것이었다. 그들은 브라이언이 피워 올린 연기를 보지 못했고, 마음 속으로 외치는 소리도 듣지 못했다.

'그들은 돌아오지 않을 거야. 이제 여길 빠져 나갈 수 없어, 영원히……'

브라이언은 그 자리에 털썩 주저앉았다. 얼굴을 덮은 연기와 재 사이로 눈물이 흘렀다.

'끝이야. 모두 끝났어. 어리석은 짓이야. 활, 작살, 물고기, 나무딸기. 모두 부질없어. 모든 게 장난일 뿐이야. 하루는 견딜 수 있겠지만 영원히 버틸 수는 없어. 구조대원들이 언젠가 찾아오지 않는다면 아무것도 할 수 없어. 구조될 수 있다는 꿈이나 희망 없이는 버틸 수 없다고.'

구조대원들은 브라이언의 꿈과 희망을 앗아 갔다. 남은 건 아무것도 없었다. 비행기도 가족도 사라졌다. 구조대원들은 오지 않을 것이다. 브라이언은 다시 혼자 남았다.

13

브라이언은 호수 아래쪽에서 냄새를 맡으며 귀를 기울이고
있었다. 물고기 한 마리가 움직이자 고개만 돌려 물결을 지켜
보았다. 활을 들어올리지도, 화살이 들어 있는 허리띠 주머니
로 손을 뻗지도 않았다. 잡아먹을 수 있는 물고기가 아니었다.

잡아먹을 수 있는 물고기들은 수심이 얕은 곳에 머물렀다. 작
은 물고기들은 커다란 물고기처럼 몸을 흔들며 헤엄치지는 않
았지만 재빠르게 움직였다. 커다란 물고기들은 깊은 곳에서 몸
을 흔들며 헤엄쳤고 작살로는 잡을 수 없었다. 하지만 상관없
었다. 이젠 물고기를 먹는 것도 신물이 났다.

지금 브라이언은 바보 새라고 이름 붙인 멍청한 새를 찾고 있
었다. 호수의 아래쪽에 바보 새 한 떼가 몰려 있었다. 순간 정
체를 알 수 없는 힘이 브라이언을 멈춰 세웠다. 브라이언은 숨
죽인 채 주위를 둘러보았다.

그 날도 이번과 비슷했다. 외부의 어떤 힘에 이끌려 위험을

느낀 브라이언이 그 자리에 멈춰 섰던 적이 있었다. 그 날 정체를 드러냈던 건 곰이었다. 마지막 나무딸기를 따고 있을 때였다. 알 수 없는 기운을 느끼고 소리나는 곳으로 고개를 돌렸을 때, 그 곳엔 새끼 곰과 어미 곰이 있었다. 두 발자국 정도만 더 걸어갔어도 어미 곰과 새끼 곰 사이에 끼게 되었을 것이다. 그렇게 되었으면 위험한 일이 생길 수도 있었다. 어미 곰이 몸을 일으켜 브라이언을 쳐다보았다. 어미 곰은 그르렁거리는 소리로 위협하며 브라이언에게 물러서라는 듯 신호를 보냈다.

브라이언은 그 때와 비슷한 느낌 때문에 신경을 곤두세우며 멈춰 섰다. 자신의 판단이 옳고 무언가 틀림없이 나타날 거라고 확신하며 침착하게 기다렸다.

브라이언이 귀를 쫑긋 세우고 코를 벌름거리고 있을 때 나지막한 소리가 들렸다. 고개를 들어올리자 호수 한쪽에 모습을 드러낸 늑대가 보였다. 호수와 언덕 사이에 있던 늑대는 작은 구멍 밖으로 머리와 어깨를 내민 채 크고 노란 눈으로 브라이언을 내려다보았다. 브라이언은 거의 곰만한 늑대의 몸집에 놀랐다. 늑대를 직접 본 건 처음이었다. 늑대는 브라이언을 포함해서 아래쪽에 있는 모든 것들이 자신의 소유라고 주장하는 것 같았다.

늑대가 몸을 꼿꼿이 세웠다. 두려움이 엄습했다. 하지만 늑대는 아무 짓도 하지 않기로 결정한 것 같았다. 브라이언은 두려움이 사라지자, 늑대도 숲의 또 다른 일부분이며 그저 세상의 한 부분이라는 생각이 들었다. 작살을 잡고 있던 손에서 긴장을 풀었다. 활을 들어올리던 다른 쪽 손도 슬그머니 내렸다. 늑대가 브라이언을 받아들인 것처럼 브라이언도 늑대를 받아들였다. 브라이언은 늑대를 향해 고개를 끄덕이며 웃었다.

한동안 브라이언을 지켜보던 늑대는 몸을 돌려 언덕을 따라 어슬렁거리며 올라갔다. 늑대가 덤불에서 나올 때 다른 늑대 세 마리가 그 뒤를 따랐다. 몸에 회색빛이 감도는 아름답고 커다란 늑대들이었다. 늑대들은 서둘러 지나가면서 하나같이 브라이언을 내려다보았다. 브라이언은 늑대들에게 일일이 고개를 끄덕여 주었다.

예전의 브라이언이 아니었다. 이제 브라이언은 꼿꼿이 서서 늑대들을 쳐다보고, 늑대들에게 고개를 끄덕여 줄 정도로 완전히 바뀌어 있었다. 시간이 지나면서 브라이언은 새사람으로 태어난 것이다.

'불시착한 지 47일이 지났어. 새로 태어난 날부터 따지면 42일이 지난 셈이지.'

42일 전 구조대의 비행기가 사라졌을 때 브라이언은 주저앉고 말았다. 비행기가 사라지고 나자 아무것도 할 수 없었다. 브라이언은 넋이 나간 사람처럼 어두워질 때까지 꼼짝도 하지 않았다. 모닥불이 꺼져 가는데도 나무를 넣지 않았다. 거북 알을 먹는 것도 잊고 있었다. 그저 마음이 이끄는 대로 몸을 맡겼다.

죽고 싶다는 생각뿐이었다. 점점 움츠러들던 브라이언은 마침내 바위 등성이 위에서 몸을 일으켜 손도끼로 자살하려고 결심했다.

제정신이 아니었다. 브라이언은 스스로 목숨을 끊어 이 세상에서 사라지려고 했다. 하지만 자기 스스로 죽는다는 건 힘든 일이었다. 브라이언은 도저히 할 수 없었다. 마침내 세상이 끝장나 버리길 바라며 옆으로 쓰러져 잠을 청했다.

눈을 감았지만 머리는 깨어 있었다. 바위에 누워 밤을 새웠다. 살아 있다는 걸 증오하며, 차라리 죽었으면 좋겠다는 생각만 했다. 그 날 밤 내내 의식이 사라지는 순간만을 골똘히 생각했다. 모든 게 사라져 버리길 바랐다. 하지만 아침에 눈을 떴을 때, 브라이언은 바위에 누워 있었다.

다시 해가 떠올랐다. 눈을 뜨면서 팔에 난 상처를 보았다. 검게 말라붙은 피를 보자, 옛날의 연약했던 자신이 저지른 일에 화가 치밀었다. 그 때 브라이언은 두 가지 진실을 깨달았다.

비행기가 브라이언을 발견하지 못하고 가 버리고 난 뒤 브라이언은 달라졌다. 좌절한 채 어쩔 줄 몰라하던 브라이언은 새사람으로 다시 태어났다. 새사람으로 바뀐 게 한 가지 진실이었고, 다시는 죽으려 하지 않을 것이라는 게 또 하나의 진실이었다.

브라이언은 새사람으로 거듭 태어났다.

물론 그러고 나서도 많은 실수를 저질렀다. 호수 기슭을 따라 걸으면서 새롭게 태어난 뒤에 저질렀던 실수를 떠올리며 웃음을 머금었다. 원하는 것을 얻기 위해선 새로운 방법을 찾아야 한다는 걸 깨닫기 전에 저지른 실수들이었다.

비행기가 자신을 발견하지 못하고 떠난 것에 좌절했던 브라이언이 맨 먼저 한 일은 모닥불을 피우는 것이었다. 썩은 나무는 몇 시간 동안 연기를 내다가도 다시 불이 붙는다는 걸 알고는 계속해서 썩은 부분이 있는 나무를 땔감으로 썼다. 하지만 일이 제대로 된 건 잠시뿐이었다.

첫 번째 활 때문에 눈이 멀 뻔했던 일이 떠올랐다.

그 날은 활이 근사해 보일 때까지 밤새 나뭇가지를 다듬었다. 그리고 이틀 동안 곧게 뻗은 버드나무 껍질을 벗겨 화살을 만들었다. 화살 끝을 불로 지지고, 작살을 만들 때처럼 화살 끝을 두 갈래로 만들었다. 화살에 깃털을 붙이지는 못했지만 화살이 10센티미터 정도만 날아가도 물고기를 잡을 수 있을 거라고 생각했다. 활시위로 쓸 줄이 없다는 게 실망스러웠다. 하지만 운동화를 내려다보면서 브라이언의 얼굴 표정이 밝아졌다. 한쪽 운동화의 끈을 둘로 나누어 운동화 양쪽을 모두 묶을 수 있을 것 같았다. 나머지 끈 하나로 활시위를 만들 수 있었다.

시험 발사를 하기 전까지는 모든 게 순조로워 보였다. 활시위에 화살을 걸고 먼지투성이 언덕을 겨냥한 채 뺨까지 활시위를 잡아당겼다. 바로 그 때 손에 잡고 있던 활이 부러지면서 나무 파편들이 얼굴로 날아들었다. 나무 파편 두 개가 눈 바로 위의 이마에 박혔다. 조금만 아래로 박혔으면 장님이 될 뻔했다. 활이 너무 뻣뻣했다. 브라이언은 나중에 아버지를 만나면 이야기하려고 모든 실수들을 머리에 담아 두었다.

브라이언은 가느다란 나뭇가지로 부드럽게 당길 수 있는 새로운 활을 만들었다. 하지만 호수에 앉아 작은 물고기 떼에 둘러싸여 있으면서도 정작 물고기를 잡을 수 없었다. 브라이언은 화가 났다. 다시 활시위를 잡아당겨 호수 바로 위에 화살을 대고 있다가 물고기가 가까이 왔을 때 활시위를 놓았다.

화살은 빗나갔다. 화살이 물고기를 꿰뚫고 지나는 것처럼 보였지만, 물고기는 상처 하나 입지 않고 재빠르게 도망갔다. 나중에는 활시위를 잡아당긴 채 화살을 아예 물 속에 집어 넣고 물고기가 가까이 오길 기다렸다. 물고기를 기다리는 동안 화살 가운데가 구부러져 보인다는 걸 깨달았다.

물이 빛을 굴절시킨다는 사실을 잊고 있었다. 자연 시간에 배운 기억이 났다. 물이 빛을 굴절시키므로 물고기들은 눈에 보이는 곳에 있는 게 아니었다. 물고기를 잡으려면 호수 위에서 보이는 곳보다 조금 아래를 겨냥해야만 했다. 황금색으로 빛나는 동그스름한 물고기가 화살 바로 앞에 멈췄을 때, 물고기의 아래쪽을 겨냥해서 활을 쏘았다. 물고기가 버둥거리면서 물을 튀겼다. 물고기가 꽂힌 화살을 들어올렸을 때, 푸른 하늘을 배경으로 파드닥거리는 물고기가 보였다.

물고기가 버둥거리는 걸 멈출 때까지 하늘을 향해 화살을 들고 있었다. 물고기를 잡았다는 사실에 가슴이 뿌듯했다. 드디어 음식을 장만한 것이었다.

자신이 직접 만든 활과 화살로 음식을 장만했다는 건 살아갈 수 있는 방법을 터득했다는 것과 같은 말이었다. 브라이언은 활, 화살, 물고기, 손도끼, 하늘을 생각하며 기뻐 날뛰었다. 물고기가 꽂혀 있는 화살과 활이 몸의 일부분이 된 듯 팔에 잘 어울렸다. 브라이언은 하늘을 향해 치켜든 팔을 내릴 생각도 하지 않고 호수를 걸어 나왔다.

푸른 버드나무 가지를 잘라 물고기에 끼운 뒤, 바지직거리는 소리가 나며 껍질이 벗겨질 때까지 모닥불 위에 올려놓았다. 얇은 조각 모양의 속살은 촉촉하고 부드러웠다. 김이 모락모락 나는 속살을 손가락으로 조심스럽게 발라 먹으며, 입 속에서 혀로 으깨 물고기의 속살에서 나오는 기름을 맛보았다.

한없이 먹을 수 있을 것만 같았다. 호수에서 잡은 물고기를 모닥불에 구워 먹고, 다시 물고기를 잡으러 호수에 가는 일을 어두워질 때까지 반복했다.

미끼 구실을 할 거라는 생각으로 호수에 물고기 찌꺼기를 던져 넣자 물고기들이 구름처럼 몰려들었다. 가게에서 물건을 사듯 물고기를 마음대로 고를 수 있었다. 그 날 먹은 물고기의 숫자는 정확하게 기억나지 않지만, 족히 스무 마리는 넘었다.

그 날은 첫 번째 잔칫날이었다. 또 살아 있다는 것과 음식을 구할 수 있는 새로운 방법을 발견한 걸 축하하는 날이기도 했다. 그 날 저녁, 물고기로 배를 채운 브라이언은 물고기에서 배어 나온 기름이 입 속에 스미는 걸 느끼며 모닥불 옆에 누웠다. 새로운 희망이 싹트는 걸 느꼈다. 언젠가 구조될 수 있을 거라는 희망이 아니었다. 그건 배울 수 있고, 생존할 수 있고, 스스로를 돌볼 수 있다는 희망이었다.

'이제 나에겐 쉽게 사라지지 않을 희망이 생겼어.'

14

작은 실수가 재앙으로 바뀔 수 있었다. 우스꽝스러운 작은 실수가 눈덩이처럼 커져, 아직도 자신이 저지른 실수를 바라보면서 웃고 있는 동안 죽음과 마주하게 될 수도 있었다. 도시에서는 실수를 저질러도 바로잡을 방법이 있었다. 자전거에서 떨어져 다리를 삐더라도 다리가 다 나을 때까지 기다릴 수 있었다. 가게에서 음식 사는 걸 깜빡 잊어도 냉장고에서 다른 음식을 찾아 먹을 수 있었다.

하지만 이 곳에서는 모든 게 엄청나게 달랐다. 여기서 다리를 삐다면 다시 걸어다닐 수 있게 되기 전에 굶어 죽을지도 몰랐다. 사냥감을 놓치거나 물고기들이 사라지면 굶어 죽을 수도 있었다. 꼼짝할 수 없을 정도로 아프기만 해도 영락없이 굶어 죽을 수밖에 없었다.

구조대를 태운 비행기가 사라진 뒤, 숲 속의 모든 생명체를 움직이게 하는 중요한 사실을 깨달았다. 그건 먹이가 전부라는 것이었다. 곤충, 물고기, 곰 들처럼 숲 속에 사는 모든 생명체는 늘 먹이를 찾았다. 먹이는 자연에서 가장 중요한 원동력이었다. 모든 생명체가 살아남기 위해선 먹어야만 했다.

하지만 먹이가 자연에서 가장 중요한 원동력이라는 사실을 깨닫는 과정에서 브라이언은 하마터면 목숨을 잃을 뻔했다.

구조대를 태운 비행기가 사라진 걸 비관하여 목숨을 끊으려다 새롭게 태어난 뒤에 맞이한 둘째 날이었다. 물고기를 잔뜩 먹어 배가 불렀고, 은신처 안에선 모닥불이 연기를 내며 타오르고 있었다. 나중에야 냄새라는 걸 알게 되었지만, 뭔지 알 수 없는 자극이 깊은 잠에 빠져 있던 브라이언을 깨웠다.

연기가 피어 오르는 장작더미와 브라이언을 전혀 두려워하지 않는 스컹크 한 마리가 거북 알이 묻혀 있는 모래 위를 파고 있었다. 브라이언은 은백색 달빛 아래 드러난 털이 복슬복슬한 꼬리와 하얀 줄무늬 등을 보고 웃음을 머금었다. 스컹크가 어떻게 거북 알을 찾았는지는 모르겠지만, 껍데기에서 나는 냄새를 맡았을 거라는 짐작이 갔다. 어쨌든 스컹크는 귀여웠다. 스컹크는 조그만 머리를 수그리고 작은 꼬리를 치켜든 채 계속해서 모래를 팠다.

하지만 거북 알은 스컹크의 것이 아니라 브라이언의 것이었다. 음식을 빼앗길지도 모른다는 생각에 웃음을 머금었던 얼굴이 순식간에 굳어졌다. 브라이언이 스컹크에게 모래를 뿌렸다.

"당장 꺼져……."

브라이언이 몇 마디 더 하려는 순간, 스컹크가 갑자기 엉덩이를 들어올리고 꼬리를 돌돌 말았다. 그러고는 1미터쯤 되는 거리에서 브라이언의 얼굴을 향해 방귀를 뀌었다.

비좁은 은신처에 퍼진 냄새는 지독했다. 진한 유황 냄새가 섞인 악취가 은신처를 가득 채웠다. 더구나 스컹크가 브라이언의 얼굴 정면을 향해 방귀를 뿜는 바람에 브라이언의 폐와 눈은 마비되었고, 앞조차 보이지 않을 정도였다.

브라이언은 비명과 함께 옆으로 쓰러지면서 은신처의 한쪽 벽을 허물듯이 쥐어뜯었다. 은신처를 빠져 나와 호숫가로 구르다시피 뛰어갔다. 몇 번인가 넘어지면서 가까스로 호수에 도착한 브라이언은 물 속에 머리를 처박고 눈을 씻었다.

스컹크가 등장하는 만화가 떠올랐다. 만화에선 스컹크의 방귀 냄새를 귀엽게 묘사하면서 웃음이나 농담거리로 다루곤 했다. 하지만 스컹크의 방귀 냄새를 직접 맡는 건 결코 재미있는 일이 아니었다. 거의 두 시간 동안 앞을 볼 수 없었다. 영원히 장님이 되거나 적어도 눈을 다쳐 끝내 죽게 될지도 모른다는 생각까지 들었다. 눈은 2주일이 지나고 나서도 아팠다. 은신처와 옷, 머리카락에 밴 냄새는 한 달하고도 보름이 지난 지금까지도 남아 있었다.

브라이언이 호수에서 눈을 씻는 동안, 스컹크는 나머지 거북 알을 모두 파내 하나도 남김없이 먹어치웠다. 스컹크는 껍데기까지 말끔히 핥아먹었고, 죽어 가는 물고기처럼 호수에서 첨벙

거리고 있는 브라이언에게 아무런 신경도 쓰지 않았다. 스컹크는 발견한 먹이를 말끔히 해치웠다. 브라이언은 교훈을 얻는 대신 값비싼 대가를 치러야 했다.

음식을 보호하고 안전한 은신처를 마련해야만 했다. 단지 비와 바람을 피할 수 있을 정도가 아니라, 안전을 지켜 줄 수 있는 은신처가 필요했다. 스컹크가 은신처로 들어와 거북 알을 먹어 치운 다음 날, 은신처를 안전하게 꾸미는 일을 시작했다.

기본적인 생각은 좋았다. 은신처가 있는 위치도 적당했다. 하지만 게으름을 피우며 충분히 꾸미지 않은 게 문제였다. 그로 인해 브라이언은 이제 자연에서 두 번째로 중요한 것이 무엇인지를 깨달았다. 음식을 마련하는 일도 중요하지만, 음식과 관련된 일은 계속되어야만 한다는 것이었다. 자연에서 게으른 존재는 살아남을 수 없었다. 힘들이지 않고 지름길로만 가려고 했던 브라이언이 거북 알 사건을 통해 톡톡히 대가를 치른 셈이었다. 브라이언은 가게에서 파는 달걀보다 거북 알을 더 좋아하게 되었다. 거북 알은 달걀보다 깊은 맛이 났다.

은신처를 부수고 다시 짓기 시작했다. 언덕 위에 있는 죽은 소나무들 사이에서 무거운 통나무를 끌고 내려왔다. 통나무들의 윗부분을 천장에 받치고 아랫부분을 모래에 파묻어 바위벽 앞 빈 공간에 단단히 고정시켰다. 그리고 긴 나뭇가지를 통나무 사이에 끼워 촘촘한 벽을 만들었다. 하지만 이 정도로는 만족할 수 없었다. 긴 나뭇가지 사이에 가는 나뭇가지를 다시 끼워 넣었다. 마침내 일을 끝냈을 때는 주먹이 들어갈 틈도 없었다. 나뭇가지들은 촘촘한 직물 바구니처럼 엮여 있었다.

출입문으로 쓰는 구멍이 가장 약해 보였다. 많은 시간을 들여 버드나무로 출입문을 만들었다. 출입문은 촘촘한 그물망처럼 만들어져 스컹크가 아무리 뚫고 들어오려고 해도 들어올 수 없을 정도였다. 다리에 난 상처를 바라보던 브라이언은 고슴도치도 출입문을 뚫을 수 없을 거라고 생각했다. 돌쩌귀는 없었지만 통나무 꼭대기에 있는 가지를 끼워 출입문을 제자리에 고정시킬 수 있었다.

은신처 안에서 출입문을 바라보자 마음이 조금 놓였다. 곰처럼 커다란 동물이라면 나뭇가지로 만든 벽을 뜯어 내고 들어올 수 있겠지만, 작은 동물들은 더 이상 브라이언을 성가시게 할 수 없을 것 같았다. 나뭇가지로 만든 벽 윗부분에 틈이 있어서 모닥불에서 나오는 연기도 은신처 밖으로 내보낼 수 있었다.

은신처를 만드는 데 꼬박 사흘이 걸렸다. 중간중간에 물고기를 잡아 구워 먹기도 하고, 하루에 네 차례씩 목욕을 해서 스컹크 냄새를 없애려고 했다. 마침내 은신처가 만들어지자, 끊임없는 고민거리인 음식 문제로 관심을 돌렸다.

사냥을 해서 먹거나 물고기를 잡아먹는 건 문제가 아니었다.

'음식 없이 오랜 시간을 지내야 한다면? 딸기가 모두 사라진다면? 아프거나 다치거나 스컹크 사건 때처럼 잠시 누워 있어야 한다면? 음식을 저장할 방법과 장소, 그리고 저장할 음식이

127

필요해.'

실수로부터 교훈을 얻으려고 했다. 곰과 같은 동물이 쉽게 발견할 수 있으므로 음식을 전처럼 은신처 안에 파묻을 수는 없었다. 저장할 장소는 어쨌든 높고 안전해야 했다.

은신처 출입문 위쪽에 있는 바위로 3미터쯤 올라가면 음식 선반으로 쓰기에 적당한 작은 돌출부가 있었다. 돌출부는 동물이 닿을 수 없을 만큼 높은 곳에 있었지만 브라이언도 닿을 수 없다는 게 문제였다.

사다리가 필요했다. 하지만 사다리를 만들 방법이 없었고, 발을 디딜 만한 게 아무것도 없었다. 사다리 생각을 하던 중에 작은 나뭇가지들이 붙어 있는 죽은 소나무를 발견했다. 통나무에 달려 있는 나뭇가지를 10~12센티미터 정도 남겨 두고 손도끼로 잘라 냈다. 그러고 나서 통나무를 3미터쯤 되는 길이로 잘라 은신처로 끌고 내려왔다. 통나무는 조금 무거웠지만 말라 있어서 그럭저럭 끌고 올 수 있었다. 브라이언이 바위 위로 기어 올라갈 때 통나무가 옆으로 조금 흔들리긴 했지만, 돌출부까지 쉽게 올라갈 수 있었다.

막대기로 돌출부에 덮여 있는 새똥을 조심스럽게 긁어 냈다. 돌출부에 앉아 있는 새를 본 적은 없었다. 모닥불에서 나온 연기가 출입문 위의 틈을 통해 위로 올라갔기 때문에 아마도 연기를 싫어한 새들이 다른 곳으로 날아갔을 것이다. 푸른 버드나무를 엮어 아담한 음식 선반용 문을 만들었다. 일을 모두 끝내고 뒤돌아보았다. 아래쪽으로는 은신처가, 위쪽으로는 음식 선반이 보였다. 브라이언은 뿌듯한 가슴으로 바위를 바라보았다.

'그다지 나쁘진 않아. 자전거 베어링에 윤활유 치는 것도 제대로 못 하던 내가 한 일치고는 괜찮아. 썩 괜찮아!'

튼튼한 은신처와 음식 선반은 만들었지만 물고기와 마지막 딸기말고는 음식이 없었다. 그 때까지도 물고기 맛은 괜찮았지만 저장할 수 있는 음식은 아니었다. 언젠가 어머니와 브라이언이 케이프 헤스퍼에 사는 친척을 방문하기 위해 하룻밤 여행을 떠나기 전, 어머니가 실수로 연어를 냉장고 밖에 꺼내 놓은 적이 있었다. 다음 날 집으로 돌아왔을 땐 집 안이 온통 상한 연어 냄새로 진동했다. 물고기를 저장할 방법이 없었다.

'죽은 것을 저장할 수는 없겠지.'

나뭇가지를 엮어 만든 벽을 쳐다보던 브라이언은 호수로 내려갔다.

물고기를 구워 먹고 남은 찌꺼기는 호수에 집어 넣었는데, 그럴 때마다 많은 물고기들이 달려들곤 했다.

"아마도……."

적어도 작은 물고기들은 아무런 망설임 없이 먹이로 달려들었다. 이미 요령을 터득해서 물고기를 잡는 건 일도 아니었다. 이젠 처음에 만든 조잡한 작살로도 잡을 수 있을 정도였다. 손가락에 뭔가를 들고 흔들면 물고기들이 달려들었다.

'될지도 몰라. 물고기들을 가둘 수 있을지도 몰라. 연못 같은

걸 만들면……'

오른쪽에 있는 바위 낭떠러지 밑에는 커다란 바윗덩어리에
서 떨어져 나온 작은 돌들이 쌓여 있었다. 주먹 두 개를 합쳐 놓
은 것 정도 되는 작은 돌부터 브라이언의 머리 크기만한 큰 돌
까지 섞여 있었다. 오후 내내 호숫가로 돌을 날라 살아 있는 물
고기들을 가둘 수 있는 커다란 연못을 만들었다. 호수 안쪽으
로 5미터 정도 이어진 돌무더기가 굵은 나무를 껴안은 사람 팔
모양 같았다. 돌들이 만나는 곳에 버드나무로 엮은 문을 끼울
틈을 60센티미터쯤 남기고, 호숫가에 앉아 기다렸다.

돌을 떨어뜨리기 시작하자 물고기들이 쏜살같이 도망갔다.
하지만 돌로 만든 연못 주변에 물고기의 뼈와 비늘, 창자 따위
를 던져 놓자 물고기들이 다시 몰려들었다. 한 시간이 채 안 돼
돌로 만든 연못 안에는 30~40마리의 작은 물고기들이 몰려들
었다. 가는 버드나무를 엮어 만든 문을 돌 틈에 끼워 물고기들
이 도망가지 못하게 가두었다.

"싱싱한 물고기예요. 물고기 사려!"

브라이언은 연못에 갇힌 물고기를 보며 고함을 질렀다.

'나중에 먹기 위해 살아 있는 물고기를 저장한다는 건 놀라
운 생각이야. 그저 허기를 면하는 게 아냐. 나중을 생각해 아껴
두는 거라고. 앞날을 생각하는 거야.'

15

　밤이 지나면 어김없이 새로운 하루가 시작되었다. 출입문 근처에 있는 바위에 하루가 지났다는 걸 표시했기 때문에 2, 3주가 지난 뒤에는 그저 며칠이 지났다는 식으로만 시간이 흐른 걸 알 수 있었다. 브라이언은 사건들을 통해 실제 시간을 측정했다. 하루라는 건 그저 해가 떴다가 지고, 그 사이에 낮이 있었다는 것에 불과했다.

　하지만 사건들은 기억 속에 또렷하게 새겨졌으므로, 사건들을 이용하여 시간을 기억할 수 있었다. 사건들을 통해 어떤 일이 있었는지 알아차렸고 머릿속에 일기를 적듯 지난 일들을 기억했다.

　처음으로 고기를 손에 넣은 날이었다. 그 날도 여느 날과 다름없이 하루를 시작했다. 해가 뜬 뒤 일어나 은신처 주변을 청소했고, 하룻밤을 지낼 만큼 땔감이 충분한지 확인했다. 하지만 물고기를 잡아먹고 딸기를 찾아다니는 것도 지겨웠다. 깊은

131

맛이 우러나는 제대로 된 음식을 먹고 싶었다.

고기를 먹고 싶었다. 한밤중에는 고기 생각이 간절했다. 어머니가 요리한 로스 고기나 칠면조 고기가 떠올랐다. 어느 날 저녁에는 모닥불에 땔감을 넣어야 하는 때가 되기도 전에 잠에서 깼다. 입 안 가득 돼지고기 맛이 감돌면서 침이 흥건했다. 진짜 같았지만 모든 게 꿈이었다. 하지만 꿈을 꾸고 나서 고기를 손에 넣어야겠다고 작정했다.

땔감을 얻기 위해 점점 더 멀리 갔고, 나중에는 은신처에서 400미터쯤 떨어진 거리까지 돌아다니기도 했다. 땔감을 장만하면서 작은 동물들을 보았다. 다람쥐들은 곳곳에 있었다. 작고 빨간 다람쥐들은 브라이언을 보면서 욕을 퍼붓는 것처럼 꽥꽥거리며 나뭇가지 사이로 뛰어다녔다. 토끼들도 있었다. 불그스름한 털이 섞인 회색빛 큰 토끼도 있었고, 새벽녘에나 볼 수 있는 작고 민첩한 회색 토끼도 있었다. 큰 토끼들은 가까이 다가설 때까지 앉아 있다가 브라이언이 다가서면 두세 발자국 정도 깡충거리며 뛰어가서는 다시 멈췄다. 큰 토끼의 행동을 자세히 관찰하고 충분히 연습한다면 화살이나 작살로 잡을 수 있을지도 모른다고 생각했다. 하지만 작은 토끼나 다람쥐들은 날렵해서 잡을 엄두조차 나지 않았다.

그 때 바보 새가 나타났다. 바보 새들이 너무 가까이 접근하는 바람에 브라이언은 안달이 날 정도였다. 새들은 대여섯 마리씩 한 떼를 이루며 곳곳에 있었는데, 감쪽같이 숨어 있어서 쉽게 눈에 띄지 않았다. 한번은 나무에 기대 앉아 쉬고 있을 때였다. 60센티미터도 떨어지지 않은 버드나무 덤불에 숨어 있던 새가 갑자기 날개를 퍼덕이며 날아간 적도 있었다. 하지만 날아가기 전에는 새들이 있는 곳을 찾아 낼 수 없었다. 새들은 아무 소리도 내지 않고 조용히 앉아 있었고, 주변 경치에 완벽하게 어우러져 있었다.

바보 새들은 너무 멍청해 보였다. 더욱이 바보 새들이 숨어 있는 방법 때문에 자존심이 상할 정도였다. 브라이언은 바보 새들이 날아갈 때 마치 폭탄이 터지듯이 위로 솟구치는 모습에 익숙해질 수 없었다. 땔감을 장만하러 매일 아침 숲 속을 걸어가다 갑자기 솟구쳐 오르는 바보 새들 때문에 놀라서 뛰어오르거나 휙 하고 몸을 비키곤 했다. 어느 날 아침에는 죽은 자작나무 밑동에 있는 시커먼 그루터기가 나뭇조각인 줄 알고 손을 뻗는 순간, 바보 새 한 마리가 폭발하듯 얼굴을 스치며 날아간 적도 있었다.

처음으로 고기를 먹은 날이었다. 브라이언은 바보 새가 가장 적당한 고기일 거라고 생각하며 활과 작살을 들고 바보 새 사냥에 나섰다. 바보 새를 잡을 때까지 숲 속에 머물 작정이었다. 땔감이나 나무딸기를 얻기 위해서가 아니라, 바보 새를 잡아 고기를 먹기 위해서 숲 속으로 간 것이다.

처음에는 사냥이 순조롭지 않았다. 호수 기슭을 따라 올라갔다가 반대편 기슭을 따라 다시 내려오면서 많은 새들을 보았지만 새들이 날아간 다음에야 볼 수 있었다. 브라이언은 먼저 숨어 있는 바보 새들을 찾아 내는 방법을 터득해야 했다. 바보 새들을 발견하고 활을 쏘거나 작살을 쓸 수 있을 정도로 가까이 다가가야 하는데, 바보 새들을 찾는 방법을 알 수 없었다.

호수 기슭을 따라 중간쯤 걸어갔을 때 스무 마리쯤 되는 바보 새들이 후닥닥 날아올랐다. 마침내 포기하고 나무 밑동에 주저앉았다. 자신이 잘못하고 있는 게 뭔지 알아야만 했다. 분명히 새들은 앉아 있고, 브라이언에겐 사물을 볼 수 있는 눈이 있었다. 이 두 가지 사실을 함께 묶어서 생각해야 했다.

'제대로 보지 못하는 거야. 그것보다는 뭔가를 잘못하고 있는 거야. 보는 방식이 잘못된 거야. 내가 잘못하고 있다는 건 알아. 하지만 도대체 어떻게 해야 제대로 하는 거지?'

아침 햇살이 머리를 익힐 듯이 내리쬐고 있었다. 나무 밑동에 앉아 있던 브라이언은 아무것도 발견할 수 없었다. 일어나서 다시 걷기 시작했을 때였다. 미처 두 발짝도 걷기 전에 새 한 마리가 날아올랐다. 어떻게 해야 새들을 볼 수 있을지 생각하는 순간에도 새는 바로 옆에 앉아 있었던 것이다.

비명을 지를 뻔했다. 하지만 새가 날아갈 때 눈에 띈 게 있었다. 그건 바로 비밀을 풀 수 있는 열쇠였다. 호수를 향해 곤두박질치던 새는 호수에 내려앉지 않고 몸을 돌려 언덕 위 나무들이 있는 곳으로 돌아갔다. 몸을 돌린 새는 햇빛을 받으며 나무들 사이로 곡선을 그리면서 날았다. 그 때 브라이언은 순간적으로 새의 모양새를 보았다. 새의 머리는 뾰족했고, 몸통은 작고 통통해서 작은 닭 같다는 생각이 들었다. 바로 그게 비밀이었다. 지금까지는 깃털과 빛깔에만 신경을 쓰면서 새를 찾았다. 하지만 새의 윤곽을 찾아야 했고, 깃털이나 빛깔 대신 모양새를 보아야 했다. 새의 모양새를 보는 눈을 훈련해야 했다.

마치 텔레비전을 켜는 것과 같았다. 전에는 볼 수 없었던 사물들이 갑자기 눈에 들어왔다. 얼마 지나지 않아 세 마리의 새가 앉아 있는 걸 발견했다. 활로 쏠 수 있을 정도의 거리까지 살금살금 걸어갔다.

그 때 쏜 화살은 빗나갔다. 그 뒤에도 화살은 몇 번이나 빗나갔다. 하지만 새들을 볼 수는 있었다. 뾰족한 머리가 달린 작고 뚱뚱한 새가 덤불 여기저기에 앉아 있는 게 보였다. 다시 활시위를 잡아당겼다 놓았다. 깃털이 달리지 않은 화살은 막대기처럼 힘없이 바닥에 떨어졌다. 새가 코앞에 있었지만 깃털이 달리지 않은 화살은 엉뚱한 방향으로 날아가 덤불이나 나뭇가지에 맞곤 했다. 얼마 뒤, 활로 새를 잡는다는 계획을 포기했다. 화살 끝으로 몰려드는 물고기를 잡는 데는 활을 쓸 수 있었지만, 조금이라도 멀리 떨어져 있는 물체를 맞추기에는 적당하지 않았다. 적어도 깃털이 달리지 않은 화살로는 무리였다.

브라이언은 처음에 만들었던 두 갈래 작살이 떠올라 활을 왼손으로 옮겨 쥐고 오른손으로는 작살을 잡았다.

작살을 던지려고 했지만 새들이 날아가기 전에 맞출 수 있을 만큼 재빨리 던질 수가 없었다. 새들은 놀랄 정도로 빨리 날아올랐다. 하지만 앉아 있는 새를 향해 똑바로 걸어가지 않고 비스듬하게 걸어가면 작살로 찌를 수 있을 정도로 가까이 다가설 수 있다는 걸 깨달았다. 이런 방법으로 두 번 정도 새를 잡을 뻔했다. 마침내 호수를 따라 내려오다 비버 둥지 근처에서 처음으로 바보 새를 잡을 수 있었다.

앉아 있는 새를 작살로 찌르자 두 갈래 작살에 찔린 새가 바닥에 쓰러졌다. 새는 푸드덕거리다가 얼마 지나지 않아 죽었다. 브라이언은 새가 확실히 죽었다고 생각될 때까지 양 손으로 꽉 누르고 있었다.

활과 작살을 들고 호수를 돌아 서둘러 은신처로 돌아왔다. 모닥불의 불길은 사그라들어 빨갛게 빛나는 숯으로 바뀌어 있었다. 잡아온 새를 보며 어떻게 해야 할지 궁리했다. 물고기 같으면 내장도 꺼내지 않고 통째로 구워서 살점을 뜯어 먹으면 되지만 새는 달랐다. 새를 구워 먹으려면 먼저 손질을 해야 했다.

집에서는 모든 게 간단했다. 가게에 가서 닭을 사 오기만 하면 되었다. 가게에서 파는 닭은 털과 내장을 손질해 놓았기 때문에 깨끗하고 깔끔했다. 어머니는 가게에서 사 온 닭을 오븐에 구웠고, 브라이언은 먹기만 하면 되었다.

드디어 새를 손에 넣었지만 브라이언은 새를 손질해 본 적이 없었다. 창자를 꺼내 본 적도, 털을 벗겨 본 적도 없었다. 어디서부터 시작해야 할지 몰랐다. 하지만 고기를 먹고 싶다는, 아니 고기를 먹어야만 한다는 생각이 브라이언의 등을 떠밀었다.

마침내 깃털을 벗겼다. 깃털만 쥐어뜯으려고 했는데 연약한 살갗이 깃털과 함께 벗겨졌다. 할 수 없이 새의 살갗과 함께 깃털을 벗겨 냈다. 살갗을 벗길 때 창자가 엉덩이를 통해 빠져 나오는 것만 빼면 살갗을 벗기는 건 쉬웠다.

새의 몸통에서 빠져 나온 창자에서 역겨운 냄새가 났다. 금방이라도 토할 것처럼 속이 울렁거렸다. 하지만 시장기를 돋우는 기름진 고기를 보면서 울렁거리는 속을 간신히 달랠 수 있었다.

털을 벗긴 뒤, 손도끼로 새의 목과 다리를 잘랐다. 브라이언은 통통한 가슴살과 짧은 다리가 달린, 작은 닭처럼 생긴 새를 손에 넣게 되었다.

새를 은신처 벽에 있는 막대기 위에 올려놓고 깃털과 창자를 호수에 있는 물고기 연못으로 가져갔다. 곧 물고기들이 깃털과 창자를 먹을 거고, 물고기에게 먹이를 주는 모습에 더 많은 물고기들이 모여들 터였다. 잠시 생각에 잠겼던 브라이언은 날개와 꼬리 깃털을 꺼내 들었다. 깃털은 뻣뻣하고 길 뿐만 아니라 아름다웠다. 깃털에는 갈색과 회색, 옅은 빨간색 줄무늬와 반점이 있었다. 깃털을 화살에 붙여 쓸 수 있을 거라는 생각이 들었다.

깃털을 뺀 나머지 찌꺼기를 물고기 연못에 던져 넣었다. 작고 동그스름한 물고기들이 찌꺼기로 달려드는 게 보였다. 손을 씻고 은신처로 돌아와 고기 위에 앉은 파리들을 쫓아 냈다. 파리들이 그렇게 빨리 몰려온 게 놀라웠다. 하지만 땔감을 집어넣어 연기가 자욱해지자 파리들은 감쪽같이 사라졌다. 새의 몸통에 뾰족한 막대기를 찔러 넣고는 모닥불 위에 올려놓았다.

모닥불은 너무 뜨거웠다. 불길이 새의 기름기 많은 살을 덮쳤다. 새의 몸통에 불이 붙을 정도였다. 새가 끼워져 있는 막대기를 더 높이 쳐들자 불길이 더 거세졌다. 결국 막대기를 조금 옆으로 옮기자 고기가 적당히 구워졌다. 하지만 한쪽만 구워진 데다 새의 몸통에서 나오는 기름이 바닥에 뚝뚝 떨어졌다. 막대기를 천천히 돌려야 했다. 손으로 돌리자니 힘에 부쳐 끝이 두 갈래로 갈라진 막대기를 모래 양쪽에 꽂고 그 위에 새의 몸통이 끼워진 막대기를 걸쳐 놓았다. 막대기를 돌리자 새의 몸통이 골고루 구워졌다. 이렇게 해서 브라이언은 바보 새 요리법을 터득하게 되었다.

몇 분 지나 새의 바깥쪽 살이 익으면서 어머니가 오븐으로 통닭을 구울 때 나던 냄새가 났다. 더 이상 참을 수 없어 가슴살을 한 점 뜯었다. 하지만 속은 여전히 날고기였다.

'끈기. 가장 중요한 건 끈기야. 기다리고, 생각하고, 제대로 행동하는 것. 필요한 건 참고 기다리는 것과 생각하는 거야.'

다시 마음을 가라앉히고 천천히 막대기를 돌렸다. 몸통에서 나온 기름이 다시 고기로 스며들도록 계속해서 막대기를 돌렸다. 고기가 익으면서 구수한 냄새가 은신처에 가득 찼다. 더 이상 참을 수 없었다. 고기가 익지 않았다 해도 이제는 먹어야겠다는 생각이 들었다. 까맣게 그을린 바깥쪽 살은 딱딱하고 뜨거웠다.

은빛으로 빛나는 가슴살을 한 점 뜯어 입 속에 집어 넣고는 맛을 음미하면서 천천히 씹었다.

'이렇게 맛있는 음식은 처음이야. 햄버거나 피자도 이렇게 맛있지는 않았어. 지금까지 먹어 본 것 중에서 최고야!'

불시착하고 나서 처음 맛본 고기였다.

16

호수 가장자리에 서 있는 브라이언은 완전히 다른 사람으로 바뀌어 있었다.

여러 가지 면에서 기념할 만한 첫 번째 날들이 있었다.

제대로 된 화살을 처음으로 만든 날도 있었다. 갈가리 찢어진 윈드브레이커에서 뽑은 실과 그루터기에서 모은 송진을 이용하여, 버드나무 화살에 가늘게 찢은 깃털을 붙여 화살을 만든 것이다. 겨냥한 대로 화살이 정확하게 날아가지는 않았지만 그럭저럭 똑바로 날아갔다. 가까이 다가갈 수 있을 정도로 토끼나 바보 새가 한 곳에 오래 앉아 있고 화살만 충분하다면 화살로 사냥감을 맞출 수도 있었다.

그렇게 해서 처음으로 토끼를 잡을 수 있었다. 화살로 커다란 토끼를 잡아 바보 새의 껍질을 벗기는 것처럼 토끼의 가죽을 벗겨 구워 먹었다. 토끼는 새처럼 진한 맛은 나지 않았지만 등에 있는 기름기가 고기로 스며들어 그런 대로 맛있었다.

이제 중간에 물고기로 배를 채우면서 토끼와 바보 새를 번갈아 가며 잡아먹을 수 있게 되었다.

'언제나 배고파. 그래도 이젠 어떻게 해야 하는지 알아. 난 음식을 장만할 수 있어. 더 중요한 건 내가 어떤 일을 할 수 있는지 안다는 거야.'

나무 열매 덤불이 있는 호수 근처로 걸음을 옮겼다. 무성한 덤불에는 푸른 알맹이가 들어 있는 나무 열매가 달려 있었다. 열매를 깨물어 보았지만 아직 익지 않았다. 브라이언은 바보 새를 찾고 있었다. 바보 새들은 빽빽하게 들어찬 나무 열매 덤불 밑에 숨기를 좋아했다. 줄기가 둘러싸고 있어서 몸을 숨기기에 안성맞춤이었다.

두 번째 덤불에서 새를 발견하고 천천히 다가갔다. 새는 머리 깃털을 세우면서 귀뚜라미 소리를 냈다. 날아가기 직전에 내는 일종의 경보음이었다. 잠시 멈춰 섰던 브라이언은 새가 깃털을 내리고 긴장을 풀고 있을 때 다시 가까이 다가갔다. 새를 똑바로 쳐다보지 않고 그냥 옆으로 지나가는 것처럼 비스듬히 걸어갔다. 새가 깃털을 올리면 그 자리에 멈춰 서는 동작을 네 번이나 반복했다. 브라이언은 여러 번 시도한 끝에 새를 보지 않는 척하며 옆에서 다가서는 요령을 완전히 몸에 익혔다. 그 방법을 이용해서 맨손으로 새를 잡은 적도 있었다. 덤불에 숨어 꼼짝도 하지 않는 새를 향해 1미터 가까이 다가섰다.

새는 꼼짝도 하지 않았다. 깃털이 달린 화살을 끼우고, 당겼

141

던 시위를 놓았다. 하지만 화살은 빗나갔다. 허리띠에 있는 천 주머니에서 다른 화살을 꺼냈다. 천 주머니는 윈드브레이커 소맷자락 한쪽 끝을 묶어 화살을 넣어 두려고 만든 것이었다. 바보 새는 아직도 그 자리에 앉아 있었다. 두 번째 화살을 잡아당기기 전까지 새를 똑바로 쳐다보지 않았다. 바보 새를 향해 화살을 겨누고, 당겼던 시위를 놓았다. 화살은 다시 빗나갔다.

이번에는 새가 움찔했다. 화살이 새의 가슴을 스치며 바로 옆에 꽂혔다. 남은 화살은 두 개밖에 없었다. 작살을 오른손으로 천천히 옮겨 쥐었다. 작살로 새를 잡을까 하고 곰곰이 생각하던 브라이언은 마침내 다시 한 번 활을 쏘기로 결심했다. 천천히 다른 화살을 끼우고, 새를 겨냥해 시위를 당겼다. 이번에는 깃털이 펄럭거렸다. 드디어 새를 맞춘 것이었다.

화살이 몸통 한가운데 맞지는 않은 것 같았다. 새가 심하게 날개를 푸드덕거렸다. 브라이언은 몸을 날려 새를 움켜쥐고는 바닥에 세게 내동댕이쳤다. 그러고는 화살들을 주워 부러진 곳이 없는지 살폈다. 그리고 손에 묻은 피를 씻으려고 호수로 걸음을 옮겼다. 브라이언은 호수 가장자리에 무릎을 꿇고 죽은 새와 무기를 내려놓고는 호수에 손을 담갔다.

하마터면 호수에서 손을 씻는 게 브라이언이 살아서 할 수 있었던 마지막 일이 될 뻔했다. 그 때 왜 고개를 돌렸는지 모를 일이었다. 낯선 냄새를 맡았거나 어떤 소리를 들었던 것 같기는 했다. 어쨌든 뭔가 브라이언의 눈이나 귀를 사로잡는 힘에 이끌려 고개를 돌렸다. 고개를 약간 돌렸을 때, 갈색 털로 뒤덮인 벽이 숲에서 튀어나오는 게 보였다. 갈색 벽은 브레이크가 고장난 트럭처럼 브라이언을 향해 맹렬한 기세로 달려들었다. 브라이언은 갈색 벽에 부딪치고 나서야 그게 큰 사슴이란 걸 알 수 있었다. 큰 사슴을 그림으로 본 적은 있지만 몸집이 그렇게 크리라고는 상상하지 못했다. 뿔이 없는 큰 암사슴이 이마로 브라이언의 왼쪽 등을 받았다. 큰 사슴은 브라이언을 호수로 내동댕이치고는 일을 마무리하려는 듯 쫓아왔다.

브라이언이 잠시 숨을 들이켤 때 다시 큰 사슴이 덮쳤다. 큰 사슴은 브라이언을 진흙 바닥으로 밀어 넣었다.

'미쳤어. 바로 그거야. 미쳤어.'

눈과 귀로 진흙이 밀려들었다. 큰 사슴이 뿔 돌기를 이용하여 브라이언을 진흙 바닥으로 계속 밀어 넣었다. 그러더니 갑자기 동작을 멈췄다. 브라이언은 큰 사슴이 어디론가 떠나고 자신만 남았다고 생각했다.

브라이언은 호수 위로 얼굴을 내밀고 숨을 고르면서 두려움을 가라앉혔다. 눈에 묻은 진흙과 물을 닦아 냈다. 큰 사슴은 브라이언과 3미터도 떨어지지 않은 거리에서 조용히 수련 뿌리를 씹고 있었다. 브라이언은 안중에도 없는 듯했다. 브라이언은 몸을 돌려 호수에서 살금살금 기어 나왔다.

브라이언이 움직이자 큰 사슴이 다시 달려들었다. 이번에는 머리와 앞발로 브라이언의 등을 밀쳐 호수로 넘어뜨렸다. 브라이언이 비명을 지르며 큰 사슴의 머리를 주먹으로 때렸다. 물이 목구멍까지 차올랐다. 큰 사슴이 다시 물러섰다.

브라이언은 다시 호수 위로 올라왔다. 하지만 배와 갈비뼈를 다쳐 죽은 듯이 몸을 웅크리고 있어야 했다. 큰 사슴은 다시 몸을 세우고 수련 뿌리를 씹었다. 브라이언은 한쪽 눈으로 호수 기슭을, 다른 한쪽 눈으로는 큰 사슴을 살폈다. 자신의 상처가 얼마나 심한지, 큰 사슴이 자신을 그냥 가게 내버려 둘 것인지 한참을 생각했다.

'미친놈.'

브라이언이 천천히 몸을 움직이려 하자 큰 사슴이 고개를 돌리더니 성난 개처럼 등의 털을 곤두세웠다. 브라이언은 천천히 숨을 내쉬면서 동작을 멈췄다. 큰 사슴이 털을 내리고 다시 수련 뿌리를 씹었다. 브라이언이 움직이면 큰 사슴의 털이 곤두서고, 브라이언이 멈추면 다시 큰 사슴의 털이 내려갔다. 브라이언은 호수 가장자리에 닿을 때까지 반 발자국씩 천천히 움직였고, 그럴 때마다 큰 사슴의 털이 곤두섰다 내려가는 동작이 반복되었다. 브라이언은 손과 무릎으로 간신히 몸을 지탱했다. 큰 사슴에게 받힌 곳이 아파서 걸을 수도 없을 것 같았다. 큰 사슴은 브라이언이 기어가는 걸 눈감아 주는 것 같았다. 브라이언은 천천히 호수를 빠져 나와 나무와 덤불이 있는 곳까지 기어갔다.

나무에 등을 대고 조심해서 몸을 일으켜 다친 곳을 살폈다.

다리는 괜찮은 것 같았지만 갈비뼈를 심하게 다친 것 같았다. 숨을 짧게 몰아쉴 수밖에 없었고, 그러고 나면 갈비뼈 근처가 찌르는 듯이 아팠다. 오른쪽 어깨도 삔 것 같았다. 활과 작살, 바보 새는 호수에 잠겨 있었다.

여하튼 걸을 수는 있었다. 활과 작살, 바보 새는 호수에 그냥 놓아 두기로 했다. 큰 사슴이 호수 기슭의 얕은 물을 따라 성큼성큼 걸음을 옮겼다. 큰 사슴이 진흙에서 긴 다리를 뺄 때마다 공기를 빨아들이는 소리가 났다. 브라이언은 소나무 가지에 매달린 채 큰 사슴이 가는 걸 지켜보았다. 큰 사슴이 몸을 돌려 다시 자신을 깔아뭉개지 않을까 마음을 졸이기도 했다. 다행히 큰 사슴은 계속 걸어갔다. 큰 사슴이 보이지 않게 되자 호수 기슭으로 내려왔다. 호수로 들어가서 활과 작살을 건지고 바보 새도 찾았다. 다행히 활과 작살은 부러지지 않았다. 화살은 진흙과 물로 뒤범벅이 되기는 했지만 아직 허리띠에 차고 있는 주머니에 들어 있었다.

호수를 돌아 다시 걸어 나오는 데 거의 한 시간이나 걸렸다. 다리를 움직이는 건 괜찮았지만, 빠른 걸음으로 두세 발자국쯤 걷고 나면 숨을 몰아쉬어야 했다. 갈비뼈가 아파서 걸음을 멈출 수밖에 없었다. 얕은 숨을 쉴 수 있을 때까지 숨을 고르기 위해선 나무에 몸을 기대고 있어야 했다. 충격은 처음 생각했던 것보다 심했다.

'미친 사슴이야. 제정신이 아냐. 미친 거야.'

은신처로 기어 들어갔다. 다행히 숯으로 변한 모닥불은 빨갛게 불타고 있었다. 아침에 땔감부터 준비한 것도 다행이었고, 한 번에 2, 3일 정도 쓸 수 있는 땔감을 준비해 놓은 것도 다행이었다. 또 필요하면 언제라도 먹을 수 있게 물고기 연못을 준비해 놓은 것도 다행이었다. 하지만 무엇보다도 자신이 아직 살아 있다는 게 천만다행이었다. 브라이언은 꾸벅꾸벅 졸기 시작했다.

'미친놈. 아무 이유도 없이 공격을 하다니.'

가슴의 상처를 잊으려고 잠을 청했다. 브라이언은 큰 사슴이 자신을 공격한 이유를 곰곰 생각하다가 마침내 잠들었다.

시끄러운 소리에 잠이 깼다.

바람이 낮게 잉잉거리는 소리였다. 소리가 컸기 때문이 아니라 낯선 소리여서 눈을 번쩍 떴다. 지난 47일 동안 비바람이나 천둥소리를 듣기도 했지만, 지금 듣는 소리는 그게 아니었다. 낮게 윙윙거리는 소리는 누군가의 목구멍에서 새어나오는 소리 같았다. 바람 소리는 아득하게 들렸지만, 브라이언을 향해 다가오고 있었다. 완전히 잠에서 깬 브라이언이 어둠 속에서 몸을 일으켰다. 갈비뼈가 아파 얼굴을 찡그렸다.

갈비뼈가 조여 오듯이 아팠지만 처음보다는 덜한 것 같았다. 하지만 소리에 신경이 쓰였다.

'이상해. 신비하기도 하고. 마치 유령이 내는 소리 같아. 어

짼든 기분 나쁜 소리야.'

모닥불에 작은 나뭇가지를 얹자 불길이 커졌다. 마음이 조금 놓이면서 기운이 났다. 하지만 마음의 준비를 해야 한다는 걸 어렴풋이 느꼈다. 소리는 브라이언을 향해 다가왔다. 뭔가를 준비해야만 했다. 소리는 브라이언을 노리고 있었다.

은신처 벽의 쐐기에 걸려 있는 작살과 활을 소나무 가지로 만든 침대 옆에 내려놓았다. 마음이 한결 놓였다. 하지만 정체를 알 수 없는 새로운 위험을 앞에 두고 완전히 마음을 놓을 수는 없었다.

은신처 밖으로 나와 하늘을 올려다보았다. 컴컴했다. 브라이언은 문득 소리의 정체를 알 것 같았다. 소리는 기억에 남아 있던, 책이나 텔레비전에서 보았던 어떤 걸 떠올리게 했다.

'그게 뭐였더라……. 설마.'

그건 낮은 기적 소리를 내는 회오리바람이었다. 기차가 달리는 것 같은 소리를 내는 바람은 바로 브라이언을 향해 다가오고 있었다.

'맙소사! 큰 사슴에다가 회오리바람까지. 말도 안 돼!'

하지만 무언가를 준비하기에는 너무 늦었다. 주위가 이상하게 조용했다. 밤 하늘을 올려다보았다. 출입문으로 들어가려고 허리를 굽혔을 때 회오리바람이 브라이언을 덮쳤다. 큰 사슴한테 받혔을 때와 비슷한 느낌이었다. 미친 짓이었다. 어떤 맹렬한 힘이 브라이언의 등을 사정없이 밀쳤다. 은신처로 떠밀려들어간 브라이언의 얼굴이 소나무 가지로 만든 침대에 꽝 하고 부딪쳤다.

바람이 모닥불을 흩어 놓았다. 시뻘건 숯과 불씨들이 브라이언의 주변으로 날아다녔다. 바람은 물러선 채 잠시 머뭇거리는 것 같더니 엄청난 굉음과 함께 다시 은신처를 덮쳤다. 굉음은 브라이언의 귀는 말할 것도 없고 몸과 마음까지 두려움에 사로잡히게 했다.

바람이 브라이언을 은신처 앞쪽 벽에 집어 던졌다. 갈비뼈가 끊어질 듯 아팠다. 브라이언은 한 번 더 모래 바닥에 처박혔다. 바람은 나뭇가지로 만든 벽이며 침대, 모닥불, 도구 들을 낚아채서는 호수로 내동댕이쳤다. 모든 게 눈앞에서 사라졌다.

목이 화끈거렸다. 목에는 바람에 날린 시뻘건 숯이 붙어 있었다. 손을 뻗어 목과 바지에 붙어 있는 숯을 털어 냈다. 회오리바람은 모든 걸 찢어 버릴 듯 맹렬한 기세로 다시 은신처로 밀어닥쳤다. 나무들이 부러지는 소리가 들렸다. 몸이 밖으로 떠밀려 가는 것 같았다. 브라이언은 바위로 기어가 몸을 지탱했다. 아무 생각도 할 수 없었다. 그저 바위를 붙들고 무슨 내용인지도 모르는 기도를 했다.

'이렇게 버틸 수만 있다면…….'

잠시 뒤, 바람은 호수로 몰려갔다. 윙윙거리면서 물을 빨아들이는 소리가 들렸다. 눈을 뜨고 바람이 날뛰는 호수를 바라보았다. 커다란 파도처럼 솟구친 호숫물이 서로 부딪치며 사방으로 흩어졌다. 몸싸움을 하듯 격렬하게 부딪치던 호수는 물기둥을 이룬 채 밤 하늘로 솟구쳤다. 눈앞에 펼쳐지는 광경이 놀랍기도 했지만 두려움을 떨쳐 버릴 수 없었다.

회오리바람이 다시 한 번 호수 맞은편 기슭을 덮쳤다. 나무들이 쓰러지는 소리가 들렸다. 잠시 뒤, 회오리바람은 처음 모습을 드러낼 때처럼 재빨리 사라졌다. 바람은 모든 걸 빼앗아갔다. 남은 건 칠흑 같은 어둠 속에 웅크리고 있는 브라이언뿐이었다. 모닥불이 있던 자리엔 자그마한 불씨도 남아 있지 않았다. 회오리바람은 은신처, 도구, 침대, 바보 새까지 모두 빼앗아 갔다.

'다시 처음으로 돌아온 거야. 불시착했을 때로 돌아온 거야. 다친 몸으로 어둠 속에 있고. 그 때하고 똑같아.'

브라이언의 생각을 확인시켜 주려는 듯, 모닥불이 꺼지고 연기도 나지 않자 모기 떼가 구름처럼 몰려들었다. 남은 거라곤 허리띠에 차고 있는 손도끼뿐이었다. 게다가 밖에는 비가 오기 시작했다. 억수로 쏟아지는 빗속에서 불을 지필 수 있는 마른 나무를 찾을 수는 없을 것 같았다. 브라이언은 만신창이가 된 몸을 침대가 있던 돌출부 아래로 끌어당긴 다음 팔로 갈비뼈를 감쌌다.

윙윙거리며 달려드는 모기 떼 때문에 잠이 오지 않았다. 브라이언은 은신처에 누워 모기를 쫓으면서 지난 하루를 곰곰이 생각했다. 그 날 아침까지만 해도 아무 걱정이 없었다. 훌륭한 무기와 음식이 있었고, 따뜻한 햇볕이 내리쬐고 있었다. 아무 문제도 없을 것 같았다. 하지만 단 하루 사이에 큰 사슴과 회오리바람의 습격을 받았다. 그리고 모든 걸 잃고 원점으로 돌아왔다. 커다란 동전을 손가락으로 튕겨 올려 승부를 내는 시합에서 패자가 되어 버린 기분이었다.

'하지만 이제는 달라. 정말 달라. 나를 칠 수는 있지만 쓰러뜨릴 수는 없어. 날이 밝으면 처음부터 다시 시작할 거야. 나한텐 아직 손도끼가 있어. 처음 불시착했을 때도 손도끼밖에 없었어. 덤벼, 덤비라고! 이게 전부야? 큰 사슴과 회오리바람으로 나를 치는 게 전부야?'

브라이언은 갈비뼈를 움켜잡고 웃다가 입에서 모기들을 뱉어 냈다.

'글쎄, 그렇게 쉽지는 않을 거야. 모든 게 달라졌어. 난 변했어. 이제 나는 억센 사나이란 말이야. 난 지금 어느 때보다도 강인해.'

날이 새기 직전에 처음 느껴 보는 추위가 몰려들었다. 브라이언은 모기들이 축축한 풀과 나뭇잎 밑으로 몰려가고 나서야 겨우 잠들 수 있었다. 그 날 아침 브라이언은 눈을 감으면서 생각했다.

'회오리바람이 큰 사슴한테도 일격을 가했어야 하는데.'

눈을 떴을 때 한낮의 해가 입 속으로 내리쬐고 있었다. 바싹 마른 혀는 가죽처럼 느껴졌다. 새벽녘에 입을 벌린 채 잠들었던 것이다. 밤새 발을 물고 있던 것처럼 입 안이 텁텁했다.

몸을 펴던 브라이언은 갈비뼈가 아파서 비명을 질렀다. 몸을 움직이자 가슴이 아팠다. 천천히 몸을 일으켜 호수로 걸어갔다. 호수 기슭에 도착한 브라이언은 조심스럽게 무릎을 꿇고는 호숫물로 입을 헹궜다. 버드나무 출입문과 물고기들은 모두 사라졌지만 물고기 연못은 아직 그대로 남아 있었다.

'물고기들은 돌아올 거야. 작살이나 활로 물고기를 한두 마리 잡아 미끼로 쓰면 물고기들은 금방 돌아올 거야.'

몸을 돌려 은신처를 바라보았다. 벽을 만들기 위해 세워 놓았던 나무들은 사방으로 흩어졌지만 모두 호수 근처에 있었다. 활은 부목에 박혀 부러졌지만 소중한 활시위는 멀쩡했다. 상황이 그렇게 나쁜 것만은 아니었다. 벽에 세워져 있던 다른 나무들을 찾으려고 호수 기슭을 바라보다가 어떤 물체를 발견했다.

곡선 모양의 노란색 물체가 호수 위로 15~20센티미터 정도 떠올라 있었다. 물체는 자연의 빛깔과는 다른 눈부신 빛깔을 띠고 있었다. 잠시 뒤, 그 물체가 뭔지 알 수 있었다.

"저건 비행기 꼬리야!"

브라이언은 누군가 자신의 목소리를 듣고 응답해 줄 거라고 기대하면서 큰 소리로 외쳤다.

호수 위로 비행기 꼬리가 솟아 있었다. 회오리바람이 호수를 강타했을 때 비행기의 위치가 바뀌어 꼬리가 호수 위로 떠오른

게 분명했다.

　'그래. 저기 비행기 꼬리가 보여.'

　그 때 비행기 안에 있을 조종사가 떠올랐다. 몸이 떨리면서
격렬한 슬픔이 마음을 짓눌렀다. 조종사를 위해 무슨 말을 하
거나 어떤 일을 해야 했다. 경건한 말을 해야 한다고 생각했지
만 적당한 말이 떠오르지 않았다.

　호수로 내려가 비행기를 쳐다보면서 정신을 집중했다. 바보
새를 사냥할 때처럼 마음을 모으고 조종사를 생각했다.

　'쉬세요. 편히 쉬세요.'

17

은신처로 돌아와 회오리바람이 남긴 잔해를 바라보았다. 할 일이 많았다. 은신처를 다시 꾸미고, 새로 불을 피우고, 먹을거리를 마련하고, 무기를 만들어야 했다. 하지만 갈비뼈가 아파서 몸을 빨리 움직일 수 없었다.

일에는 순서가 있는 법이었다. 먼저 마른풀과 나뭇가지를 준비했다. 근처에 있는 자작나무 껍질을 잘게 벗겨 불을 피우기 위한 연료를 만들었다. 천천히 움직였지만 이미 불 피우는 기술을 터득한 뒤라 한 시간도 안 돼 불을 피울 수 있었다. 모닥불이 습기찬 아침의 쌀쌀한 기운을 누그러뜨렸다. 나뭇가지가 탁탁거리며 타는 소리를 듣는 동안 마음이 한결 가벼워졌다. 모닥불은 성가시게 달려들던 모기 떼를 쫓아 냈다. 모닥불이 타는 걸 확인하고 마른나무를 찾아 나섰다. 비가 온 뒤라 나무들이 축축하게 젖어 있었지만, 꼭대기의 가지에 가려 아래쪽의 죽은 가지들이 젖지 않은 상록수를 발견할 수 있었다.

가지들을 부러뜨리는 건 힘든 일이었다. 팔이나 가슴 근육을 써서 나뭇가지를 끌어내리는 일도 쉽지 않았다. 마침내 밤까지 모닥불을 지필 수 있을 만큼의 나무를 마련할 수 있었다. 잠시 쉬면서 가슴의 통증을 달랜 브라이언은 은신처를 정리하기 시작했다.

처음에 벽을 만들었던 대부분의 나무들은 아직 바위 등성이 근처에 있었다. 나무로 엮은 주요 접합 부분도 원래 모습대로 남아 있었다. 회오리바람이 주요 접합 부분을 공중으로 들어올려 등성이 꼭대기에 던져 놓은 것이었다. 죽지 않았고, 더 심하게 다치지 않은 게 다행이었다. 죽는 것과 심하게 다치는 것은 마찬가지였다. 심하게 다쳐 사냥을 할 수 없게 되면 굶어 죽을 게 뻔하기 때문이다.

나무를 끌고 와 다시 벽을 만들었다. 조잡해 보였지만 나중에 손질하면 될 것이다. 침대로 쓸 소나무 가지를 찾는 건 쉬웠다. 회오리바람은 등성이 뒤쪽에 있는 숲을 엉망진창으로 만들어 놓았다. 화가 잔뜩 난 거인이 닥치는 대로 고기 써는 기계를 휘둘러 나무들을 잘라 놓은 것 같았다. 커다란 소나무들이 비틀려 꺾이거나 부러진 채 옆으로 쓰러져 있었다. 바닥에는 사방으로 뻗어 있는 가지와 나무 꼭대기 부분이 널려 있어서 걸어가기도 힘들었다. 침대로 쓸 나무를 찾았다. 부러진 지 얼마 안 돼 수액 냄새가 나는 푸릇푸릇하고 굵은 나뭇가지를 끌고 내려왔다.

저녁이 되자 배가 고프고 몸도 쑤셨다. 하지만 다시 살 수 있는 공간을 마련할 수 있었다.

'내일이면 물고기들이 다시 돌아올 거고, 작살과 활을 새로 만들어서 먹을거리를 마련할 수 있을 거야. 내일은 먹을거리를 장만하고 은신처를 손질해야지. 내일이면 엉망진창이 되어 버린 것들을 원래 모습으로 돌려 놓을 수 있을 거야.'

모닥불을 바라보던 브라이언은 팔베개를 하고 누웠다. 눈을 감고 머릿속으로 그림 한 장을 떠올렸다.

'비행기 꼬리가 호수 위로 솟아 있어. 저기, 비행기 꼬리가 호수 위로 튀어나와 있어. 그리고 비행기 안 꼬리 근처에는 생존 가방이 있단 말이야. 기체가 멀쩡한 걸 보면 불시착할 때 가방이 부서지지는 않았을 거야.'

눈을 번쩍 떴다.

'생존 가방을 손에 넣을 수만 있다면……. 가방 안에는 음식과 칼, 성냥 따위가 들어 있을 거야. 등산용 침낭도, 낚시 도구도 있을 거야. 그래, 가방 안에는 놀라운 물건들이 가득하겠지. 가방만 손에 넣을 수 있다면 나는 부자야. 내일 살펴봐야지. 내일이면 모든 걸 손에 넣을 수 있을 거야.'

브라이언은 불길을 보면서 웃음을 머금었다.

비행기 꼬리가 호수 위로 나와 있는 그림을 마음에 간직하며 깊은 잠에 빠져들었다. 몸을 치료하는 데 잠만큼 좋은 약은 없었다.

브라이언은 날이 밝기도 전에 일어났다. 어슴푸레한 새벽에 불을 지피고, 낮에 쓸 땔감을 찾아 나섰다. 갈비뼈의 통증이 수그러들어서 몸을 움직이기가 한결 쉬웠다. 은신처를 정돈해서 하루를 지낼 준비를 마치고 호수를 바라보았다. 마음 속에 있는 또 다른 자신은 비행기 꼬리가 다시 호수 깊숙이 빠져 버리기를 바랐다. 하지만 비행기 꼬리는 꼼짝도 하지 않고 여전히 호수 위로 삐죽하게 솟아 있었다.

호수를 내려다보았다. 먹이를 찾아 헤매는 물고기들이 보였다. 당장이라도 비행기 안으로 들어가고 싶은 조급한 마음을 억누르며, 그 동안 자신이 배운 것들을 떠올렸다.

'맨 먼저 음식이 있어야 해. 음식은 기운을 북돋아 주거든. 먼저 음식이 있어야 하고, 그 다음엔 신중하게 생각하고, 마지막으로 행동하는 거야. 물고기들은 가까이 있지만 비행기에서는 아무것도 얻지 못할 수도 있어. 모든 게 꿈일 수도 있어.'

물고기는 실제로 호수에서 헤엄치고 있었다. 브라이언의 홀쭉해진 배에서 꼬르륵 하는 소리가 났다.

끝이 두 갈래로 갈라진 작살을 다시 만들었다. 하지만 이번에는 끝 부분만 뾰족하게 깎았다. 작살을 만드는 데 한 시간 이상 걸렸다. 호수 위로 솟아 있는 비행기 꼬리를 쳐다보면서 손을 움직였다. 손으로는 작살을 만들고 있었지만 마음은 온통 비행기에 가 있었다.

조잡하긴 했지만 작살을 만들었다. 끝 부분에 쐐기를 질러

두 갈래로 벌어지게 만든 작살을 들고 물고기 연못으로 갔다. 물고기들이 떼로 몰려 있지는 않고 열 마리쯤만이 헤엄치고 있었다. 그 가운데서 길이가 15센티미터쯤 되는 크고 동그스름한 물고기를 골랐다. 호수 속에 작살 끝을 집어 넣고 기다리다가 물고기가 작살 끝에 다가왔을 때 손목을 획 돌리면서 순간적으로 찔렀다.

작살이 멋지게 물고기를 관통했다. 그런 식으로 손쉽게 두 마리를 더 잡았다. 물고기 세 마리를 들고 모닥불로 돌아왔다. 브라이언은 벌써 손도끼로 나무를 평평하게 다듬어 물고기 판을 만들어 두었다. 물고기 판은 물고기를 구울 수 있게 모닥불 옆에 기울어져 있어 물고기를 끼운 막대기를 들고 있지 않아도 되었다. 뾰족한 꼬챙이를 물고기 꼬리에 밀어 넣고는 물고기 판에 있는 홈에 끼웠다. 그리고 가장 시뻘겋게 타는 숯 옆에 판을 세웠다. 물고기가 불에 익으며 쉿쉿거리는 소리가 났다. 더 이상 냄새를 참을 수 없던 브라이언은 느슨해진 껍질 아래에 있는, 김이 모락모락 나는 살을 발라 먹었다.

물고기로 배가 다 차진 않았지만 기운을 돋우는 데는 도움이 된 것 같았다. 팔과 다리에 힘이 솟는 게 느껴졌다. 마침내 비행기 안으로 들어가기 위한 준비를 시작했다.

브라이언은 작살을 만들면서, 우선 뗏목을 만들어 비행기까지 밀고 간 다음 비행기에 뗏목을 묶어 작업 기지로 사용해야 겠다고 생각했다. 어떻게 해서든 비행기 꼬리까지 가서 기체를 떠내거나 자르고 비행기 안으로 들어가야 했다. 그 일을 하기 위해서는 작업 기지가 필요했다. 그게 바로 뗏목이었다.

말하기는 쉽지만 행동으로 옮기기엔 어렵다는 사실을 다시 한 번 깨달았다. 주위에는 통나무들이 널려 있고, 호수 기슭에는 부목들이 어지럽게 흩어져 있었다. 회오리바람이 던져 올려 흐트러뜨리기 이전의 부목과 새로운 부목이 섞여 있었다. 길이가 비슷한 통나무 네 개를 찾아 끌고 오는 건 쉬운 일이었다.

하지만 통나무들을 엮는 게 문제였다. 밧줄이나 가로장, 못 같은 것이 없어 고정시키지 못한 통나무들은 굴러서 뿔뿔이 흩어졌다. 통나무들을 서로 엇갈리게 해서 고정시켜 보려고 했지만 제대로 되지 않았다. 비행기 안으로 들어가려면 튼튼한 고정판이 필요했다. 브라이언은 실망한 나머지 순간적으로 화가 났다. 전에 그랬던 것처럼 화가 났지만 곧 마음을 가라앉혔다.

호숫가에 앉아 문제를 차근차근 짚어 보았다. 문제를 해결하기 위해 필요한 건 바로 냉철한 판단력이었다.

브라이언이 고른 통나무들은 가지가 달려 있지 않아 한결같이 매끄러웠다. 지금 필요한 건 가지가 달린 통나무였다. 그래야만 은신처의 벽과 음식 선반의 덮개, 물고기 연못의 출입문을 만들 때처럼 통나무 가지들을 서로 엇갈리게 해서 엮을 수 있다. 호숫가 위쪽을 살피다가 회오리바람에 부러진 마른 통나무 네 개를 찾았다. 가지들이 달려 있는 통나무를 끌고 호수 가장자리로 내려와 나무들을 연결했다.

통나무들을 끼워 맞추는 데 꼬박 하루가 걸렸다. 뒤죽박죽 제멋대로 달려 있는 나뭇가지들을 맞추기 위해서는 먼저 통나무 가지 한 개를 잘라야 했다. 다음엔 다른 통나무의 가지를 잘라 처음의 통나무에 끼워 맞췄다. 그러고 나서 세 번째 통나무의 가지를 잘라 두 번째 통나무의 가지에 맞춰야 했다.

오후 늦게 통나무 끼워 맞추는 일을 끝낼 수 있었다. '나뭇더미 1호'로 이름 붙인 뗏목은 호수로 끌어내릴 때도 떨어지지 않고 붙어 있었다. 얕은 곳이었지만 뗏목은 잘 떴다. 브라이언은 흥분해서 비행기를 향해 출발했다. 뗏목에 올라탈 수는 없어서 옆에서 헤엄치며 밀어야 했다.

물이 가슴까지 차올랐을 때, 비행기에 뗏목을 고정시킬 수 있는 방법이 없다는 걸 깨달았다. 작업을 하려면 뗏목을 비행기에 묶어 놓아야 했다.

어떻게 해야 할지 망설였다. 밧줄은 없었다. 브라이언이 가지고 있는 거라곤 활시위와 다 해져 발가락이 보이는 운동화에 끼워져 있는 끈뿐이었다. 잠시 뒤, 화살 주머니로 쓰던 윈드브레이커가 떠올랐다. 가느다란 조각으로 찢은 윈드브레이커를 묶어 길이가 1미터쯤 되는 줄을 만들었다. 썩 튼튼하진 않았지만 비행기에 뗏목을 묶어 둘 수는 있을 것 같았다.

다시 한 번 호숫가에서 뗏목을 밀어 물이 가슴에 차오를 때까지 헤엄쳤다. 은신처에 운동화를 벗어 놓은 브라이언은 맨발이었다. 발가락 사이에 모래 대신 진흙이 밟히자 호수 바닥을 박

차고 헤엄치기 시작했다.

뗏목이 아니라 항공 모함을 미는 것 같았다. 호수 속으로 뻗어 있는 가지들이 질질 끌렸고, 통나무들도 앞으로 나가려 하지 않았다. 6미터쯤 헤엄쳤을 때 비행기가 있는 곳까지 뗏목을 끌고 가는 게 생각보다 훨씬 어렵다는 걸 깨달았다. 뗏목은 마음처럼 쉽게 움직여 주지 않았다. 이런 속도라면 어두워져서야 비행기에 도착할 수 있을 것 같았다. 은신처에서 밤을 보내고 다음 날 아침 일찍 출발하기로 마음을 바꿨다. 다시 뗏목을 모래사장으로 끌고 와서 손으로 뗏목에 묻은 물기를 대충 닦아 냈다.

참고 기다려야 했다. 전보다 나아지기는 했지만 조급한 마음이 고개를 들었다. 새로 만든 작살을 들고 물고기 연못 가장자리에 앉아 물고기를 더 잡아 구워 먹었다. 그러면서 어두워질 때까지 시간을 보냈다. 땔감을 더 마련해 놓고 나서야 긴장이 풀렸다. 등성이 뒤쪽 나무 위로 해가 지고 있었다.

'서쪽일 거야. 해가 지는 쪽이 서쪽이니까. 저쪽이 아빠가 있는 북쪽일 거고, 남동쪽에는 엄마가 있을 거야. 지금쯤 텔레비전에선 뉴스를 하고 있겠지.'

아버지가 살고 있는 곳에 가 본 적이 없는 브라이언은 아버지보다 어머니의 모습이 더 눈에 선했다. 브라이언은 어머니가 어떻게 사는지 속속들이 알고 있었다. 어머니는 부엌 조리대에 있는 소형 텔레비전에서 방송되는 뉴스를 보면서 남아프리카

공화국의 상황이 끔찍하다거나, 광고에 나오는 아기가 아주 귀엽게 생겼다고 말하곤 했다. 어머니는 수다를 떨면서 요리를 하느라고 쉬지 않고 소음을 내곤 했다.

호수로 마음을 돌리니, 자신이 있는 곳이 믿을 수 없을 정도로 아름답다는 생각이 들었다. 서쪽으로 지는 해가 폭죽처럼 터지며 호수와 나무들을 붉게 물들였다. 브라이언은 눈앞에서 펼쳐지는 이 놀라운 경치를 함께 볼 수 있는 사람이 있으면 좋겠다고 생각하며 중얼거렸다.

"저기 좀 봐. 저쪽도, 그리고 이쪽도……."

같이 볼 사람이 없어서 아쉬웠지만 어쨌든 경치는 아름다웠다. 불꽃을 키워 한밤의 쌀쌀한 기운을 누그러뜨렸다. 늦여름의 서늘한 기운이 느껴지면서 가을 냄새가 났다. 잠들면서 반대의 경우를 생각해 보았다. 이 곳에서 빠져 나갈 수 있을지는 확신할 수 없지만, 무사히 집으로 돌아가서 비행기 사고가 나기 전의 모습으로 돌아간다면 모든 게 정반대로 바뀌게 될지 궁금했다. 텔레비전을 보다가 갑자기 등성이 뒤로 펼쳐지던 일몰의 장관을 떠올리면서 호수의 빛깔을 생각하게 될지도 궁금했다.

브라이언은 이내 깊은 잠에 빠져들었다.

아침 날씨는 더 쌀쌀해졌다. 숨쉴 때 하얀 입김도 보였다. 모닥불에 나무를 던져 놓고 불이 붙을 때까지 입김을 불었다. 그리고 모닥불 주변에 재를 덮어 불길이 오랫동안 타오를 수 있게 하고는 호수로 내려갔다. 밖의 공기가 차가워서 그런지 호수 안으로 들어가자 몸이 따뜻해졌다. 손도끼와 뗏목을 확인한 뒤, 뗏목을 밀어 비행기 꼬리를 향해 헤엄치기 시작했다.

어제와 마찬가지로 뗏목을 밀기가 힘들었다. 바람이라도 불어닥칠 때는 제자리에 멈춰 있는 것만 같았다. 두 시간 넘게 뗏목을 밀고 나서야 리벳*이 보일 정도로 비행기 꼬리에 가까이 다가갈 수 있었다. 온몸에서 힘이 빠져 나가 몸이 마른 자두처럼 쭈글쭈글해졌다. 한두 마리의 물고기로 아침 식사를 했으면 좋겠다는 생각이 들었다. 휴식을 취해야 했다.

비행기 꼬리는 멀리서 볼 때보다 훨씬 컸다. 완전히 모습을 드러낸 수직 안정판*과 절반쯤 호수에 잠긴 승강타*가 보였다. 꼬리에 연결된 기체의 일부가 물 밖으로 모습을 드러냈다. 처음에는 뗏목을 묶을 곳을 찾지 못했지만 승강타를 따라 몸을 움직여 경첩처럼 옴폭 들어간 틈을 찾았다. 그 틈에 윈드브레이커로 만든 줄을 끼워 넣었다.

기체에 묶어 놓은 뗏목 위에 올라가 잠깐 동안 누워 쉬면서

* 리벳 : 대가리가 둥글고 두툼한 버섯 모양의 굵은 못.
* 수직 안정판 : 비행기 꼬리 부분에 수직으로 설치된 조종면.
* 승강타 : 비행기의 꼬리 부분이나 뒷부분에 설치된 가변형 수평 조종 표면.

햇볕에 젖은 몸을 말렸다.

'비행기 안에서 생존 가방을 꺼내려면 무척 힘들 거야. 성공하려면 몸에 힘이 생겼을 때 시작해야 돼.'

무슨 일이 있어도 비행기 안으로 들어가야 했다. 하지만 후면 화물실 해치*를 포함한 모든 출입구가 호수 밑에 가라앉아 있어서 호수 밑으로 잠수해서 비행기 안으로 들어가는 방법밖에 없었다.

'비행기 안에는 조종사가 묶여 있을 거야. 호수 바닥에 가라앉은 비행기 앞쪽에는 아직도 의자에 묶여 있는 조종사가 있을 거라고. 물 속에 앉아 있는⋯⋯.'

두려움에 몸이 떨렸다. 조종사의 모습이 눈앞에 어른거렸다.

'물이 흐르면서 몸집이 커다란 아저씨의 머리카락이 흔들리고, 아저씨는 눈을 부릅뜨고 있고⋯⋯. 그만, 이제 그만!'

모두 포기하고 다시 호수 기슭으로 돌아가고 싶은 마음이 간절했다. 하지만 생존 가방이 눈앞에 어른거렸다.

'생존 가방을 비행기 밖으로 꺼낼 수만 있다면 얼마나 좋을까. 비행기 안으로 들어가 다른 거라도 꺼내 올 수만 있다면⋯⋯. 막대사탕 한 개. 그래, 막대사탕 한 개라도 꺼낼 수 있다면 비행기 안에 들어갈 가치가 있는 거야. 하지만 어떻게 들어가지?'

뗏목을 밀면서 비행기 주변을 돌아보았다. 출입구는 없었다.

---

*해치 : 사람이나 화물 따위가 드나들 수 있도록 설치한 갑판의 개구부.

세 번이나 물 속에 얼굴을 담근 채 눈을 뜨고 살펴보았다. 물이 흐려서 잘 보이지는 않았지만 2미터 정도 앞은 볼 수 있었다. 하지만 비행기 안으로 들어갈 수 있는 출입구는 찾을 수 없었다.

18

비행기의 꼬리 주변을 맴돌았다. 수직 안정판과 승강타를 따라 움직여 보았지만 출입구는 찾을 수 없었다.

'어리석었어. 이 곳에 오기만 하면 비행기 안으로 들어갈 수 있다고 생각하다니. 그렇게 쉬울 리가 없어. 여기선 쉬운 게 하나도 없단 말이야!'

화가 난 브라이언이 주먹으로 기체를 내리쳤다. 그런데 놀랍게도 알루미늄 덮개가 움푹 들어갔다. 다시 한 번 내리쳤을 때도 결과는 마찬가지였다. 주먹이 아니라 손가락에 힘을 줘서 누르기만 해도 기체는 쑥 들어갔다.

'뼈대 위에 얇은 알루미늄 덮개를 씌워 놓은 거야. 힘껏 누르기만 해도 들어갈 정도면 뚫고 들어갈 수 있을지도 몰라……'

손도끼가 있었다. 손도끼로 알루미늄 덮개를 잘라 낼 수 있을 것 같았다. 허리에 차고 있던 손도끼를 꺼내 들었다. 손가락으로 눌렀을 때 움푹 들어가던 알루미늄 덮개를 골라 손도끼로 내리쳤다.

손도끼는 부드러운 치즈를 자르듯 알루미늄 덮개 밑으로 쑥 들어갔다. 믿어지지 않았다. 세 번 더 내리치자 손이 들어갈 만한 삼각형 모양의 구멍이 뚫렸다. 꼬리로 연결되는 조종 케이블이 보였다. 흥분한 브라이언은 손도끼로 비행기 덮개를 내리쳤다. 구멍은 더 커졌다.

두 개의 알루미늄 브레이스에서 조각을 잘라 낼 때 손도끼가 떨어졌다. 다리 옆을 지나 발에 부딪친 손도끼는 호수 밑으로 가라앉았다. 브라이언은 자신이 한 일을 믿을 수 없었다. 여태까지 살아남을 수 있었던 건 순전히 손도끼 덕분이었다. 손도끼는 항상 브라이언의 허리에서 떠나지 않았다. 손도끼 없이는 불도, 도구도, 무기도 만들 수 없었다. 손도끼는 브라이언의 분신이나 다름없었다. 그런데 그렇게 소중한 손도끼를 호수에 빠뜨린 것이었다.

"으아악!"

브라이언은 손도끼를 소중하게 다루지 않은 자신에게 화가 나 미친 듯이 소리를 질렀다. 비행기에 난 구멍은 아직 작았고 손도끼마저 호수에 빠졌다.

"전에 했던 것과 비슷한 짓이야. 처음 이 곳에 불시착했을 때 그런 바보 같은 짓을 했어. 하지만 지금은 아냐……."

브라이언은 호수와 하늘, 나무를 향해 소리쳤다.

하지만 다시 바보짓을 하고 말았다. 잠시 뗏목에 매달려 자신이 딱하다고 생각했다. 어리석은 행동을 후회했지만 전에도 그랬던 것처럼 자기 연민은 아무런 도움도 되지 않았다. 브라이언은 이제 어떤 행동을 취해야 하는지 잘 알고 있었다.

손도끼를 다시 찾아야 했다. 호수로 뛰어들어 손도끼를 꺼내와야 했다.

'하지만 호수가 얼마나 깊은지 모르잖아. 학교 수영장 바닥에 닿는 건 아무것도 아니었어. 수영장의 깊이는 3미터쯤 됐던 것 같은데. 그렇지만 호수의 깊이는 알 수 없어. 엔진의 무게 때문에 가라앉은 비행기 앞쪽은 분명히 호수 바닥에 처박혀 있을 텐데……. 비행기 꼬리가 호수 밖으로 튀어나온 걸 보면 호수의 깊이는 비행기 길이보다 깊지 않을 거야.'

브라이언은 가슴을 펴고 심호흡을 크게 두 번 하고는 호수 속으로 들어갔다. 물 속에서 팔을 끌어당기면서 발로 뗏목 바닥을 찼다.

2.5미터 정도 들어갔지만 호수 밑이 흐려서 1.5미터 앞만 보였다. 호수 바닥은 보이지 않았다. 2미터 정도 더 내려가자 수압 때문에 귀가 아팠다. 코를 잡고 귀에 손을 댔다가 떼자 통증이 가셨다. 숨이 차올라 물 위로 올라가려 할 때 1미터 정도 아래에 있는 호수 바닥을 언뜻 본 것 같았다.

수면 위로 몸을 솟구치면서 승강타 옆쪽에 머리를 부딪쳤다. 목이 쉰 듯한 소리가 나올 때까지 숨을 내뱉고는 새로운 공기를 연거푸 들이마셨다.

'어리석었어.'

브라이언은 좀더 호수 속을 살펴보지 않은 자신을 질책하며 입을 굳게 다물었다.

가슴을 부풀리면서 계속해서 공기를 들이마셨다. 한 번 더 깊게 숨을 들이쉬고는 다시 호수 속으로 들어갔다.

이번에는 팔을 화살 모양이 되도록 앞으로 모았다. 그러고는 뗏목 바닥을 다리로 힘껏 박차고 탄력을 받으며 호수 밑으로 들어갔다. 속도가 줄어든다는 느낌이 들자 팔을 저으면서 다리를 뻗었다. 이번에는 얼굴이 바닥의 진흙에 닿을 정도까지 내려갔다.

고개를 흔들어 앞이 잘 보이도록 하고는 주위를 둘러보았다. 비행기가 사라졌다가 눈앞에 다시 모습을 드러냈다. 창문을 볼 수 있게 되었을 때 비행기 안에 갇혀 있는 조종사의 모습이 떠올랐다. 브라이언은 애써 조종사 생각을 떨쳐 냈다.

손도끼는 보이지 않았다. 숨이 턱까지 차올랐다. 숨을 참을 수 있는 시간이 얼마 남지 않았다. 하지만 브라이언은 조금 더 숨을 참고 손도끼를 찾아보려고 했다. 곧 숨을 쉬지 않으면 금방이라도 가슴이 터져 버릴 것만 같은 순간이었다.

진흙 위로 튀어나온 손도끼의 손잡이가 보였다. 손을 뻗어 손잡이를 잡으려고 했지만 놓치고 말았다. 다시 손을 뻗었을 때 손가락이 손잡이 부분의 고무에 닿았다. 손잡이를 꽉 움켜잡고 진흙 바닥을 발로 차면서 몸에 힘을 줬다. 하지만 폐는 금방이라도 터질 것 같았고, 머리에서는 여러 가지 빛깔들이 폭발하며 번쩍거렸다. 입으로 삼킨 물이 폐까지 들어가려는 순간이었다. 더 이상 숨을 참지 못하고 입을 벌릴 때쯤 머리가 수면 위로 솟구쳤다.

"크아악!"

풍선이 터지는 소리 같았다. 코와 입으로 공기를 뱉어 내고는 쉬지 않고 새로운 공기를 들이마셨다. 뗏목을 꼭 잡고 생각을 가다듬었다. 오른손에 쥐고 있는 손도끼가 햇빛에 반짝거렸다.

"좋아……. 비행기가 저기 있단 말이지……."

기체에 난 구멍으로 돌아가서 손도끼로 알루미늄 덮개를 잘라 냈다. 손도끼를 떨어뜨리지 않으려고 조심하느라 일이 더디게 진행되었다. 머리와 어깨가 들어갈 만큼의 구멍을 뚫을 때까지 계속해서 알루미늄 덮개를 잘라 냈다. 물 속으로 얼굴을 담근 채 비행기 안을 들여다보았다. 기체 안은 캄캄해서 아무 것도 보이지 않았다. 비행기 안에는 종이 조각과 바닥에서 떠오른 쓰레기들이 떠다녔지만 생존 가방은 보이지 않았다.

'쯧쯧. 그렇게 쉬울 거라고 생각했어? 그렇게 쉽게? 비행기에 구멍을 뚫고 손을 집어 넣어 생존 가방을 꺼내기만 하면 된다고 말이야?'

비행기 안으로 들어가서 살펴보려면 구멍을 더 크게 뚫어야 했다.

'생존 가방은 지퍼가 달린 나일론이나 캔버스 천으로 만들어져 있었어. 그런데 빛깔이 빨간색이었나, 회색이었나? 아냐, 그건 중요한 게 아냐. 비행기가 불시착할 때 가방 위치가 바뀌었을 거야. 지금은 어디에 끼여 있을지도 몰라.'

작은 삼각형 모양으로 잘라 낸 알루미늄 조각들을 뗏목 위에 모아 놓았다. 알루미늄 조각으로 화살촉이나 가짜 미끼를 만들 수 있을지도 모른다는 생각을 하니 아무것도 버릴 수가 없었다. 마침내 구멍 뚫는 일을 마치고는 호수 위로 튀어나온 기체의 표면을 쓸어 냈다. 호수 밑에 잠겨 있는 기체도 손이 닿는 곳까지 잘랐다. 구멍은 몸이 들어갈 수 있을 정도로 커졌다. 하지만 구멍 안에는 알루미늄이나 강철 브레이스, 정형재*, 케이블 등이 어지럽게 얽혀 있었다. 브레이스를 잘라 내자 비행기 안으로 들어갈 공간이 생겼다.

브라이언은 잠시 망설였다. 비행기 안으로 들어간다는 게 마음에 걸렸다.

'꼬리가 호수 바닥으로 다시 가라앉으면? 비행기 안에 갇혀서 빠져 나오지 못하게 되면? 끔찍한 일이야. 하지만 비행기 꼬리는 이틀 동안이나 떠 있었어. 손도끼로 몇 번이나 내리치고 꼬리 위에 올라탔지만 가라앉지 않았어. 꽤 튼튼한 게 틀림

---

*정형재 : 기체, 날개 등 구조부의 형태나 곡면을 형성하기 위해 쓰이는 재료.

없어.'

브라이언은 케이블과 정형재 사이로 미끄러져 들어갔다. 머리를 수면 위로 내놓고 다리가 비스듬한 비행기 바닥에 닿을 때까지 꼬리 안으로 들어갔다. 심호흡을 한 뒤, 맨발에 천이나 직물 같은 것들이 닿는지 더듬으며 바닥을 따라 물 속으로 들어갔다. 하지만 발에 닿는 건 비행기 바닥 판뿐이었다.

수면 위로 올라와 숨을 쉬었다. 정형재를 잡고 다시 물 속으로 들어갔다. 거의 앞좌석 등받이까지 내려갔을 때, 비행기 왼쪽에 있는 캔버스 천이 발에 닿았다.

수면 위로 다시 떠올라 심호흡을 했다. 정형재를 움켜잡고 힘껏 발을 차면서 다시 아래로 내려갔다. 발에 닿는 건 틀림없이 캔버스 천이었다. 발로 눌러 보니 천 안쪽으로 딱딱한 게 느껴졌다.

생존 가방이 분명했다. 가방은 비행기가 불시착할 때 앞으로 밀려 의자 등받이에 부딪치면서 어딘가에 끼인 게 틀림없었다. 가방에 손을 뻗어 잡아당기려 했지만 숨이 차올라 다시 수면 위로 올라와야 했다.

힘껏 공기를 들이마시고 다시 물 속으로 들어갔다. 정형재를 잡아당기며 가방이 있는 곳까지 가서 먼저 고개를 돌려 가방을 잡았다. 생존 가방이었다! 가방을 낚아채서 꺼냈다. 가방이 떠오르는 게 느껴졌다. 가슴이 뛰었다.

가방 위를 올려다보았다. 어슴푸레한 푸른빛이 비행기 옆 창으로 흘러들었다. 바로 그 곳에 조종사의 머리가 있었다. 하지만 더 이상 사람의 머리라고 할 수 없었다.

한 번도 생각해 본 적이 없었지만, 지금까지 자신이 먹은 물고기들도 먹이를 먹고 있었다는 사실을 그제야 깨달았다. 물고기들은 지금까지 거의 두 달 동안 조종사 주변을 맴돌면서 조종사를 뜯어 먹었던 것이다. 조종사의 머리에 남아 있는 살이 찢긴 채 흔들리고 있었다.

'끔찍해!'

무서운 나머지 속으로 비명을 질렀다. 브라이언은 뒤로 물러서서 구역질을 했다. 숨이 막히면서 금방이라도 물이 입 속으로 밀려들 것만 같았다. 불시착할 때 죽은 조종사의 뒤를 따라 모든 게 끝장나려는 순간이었다. 그 때 갑자기 다리가 움직였다. 본능에서 비롯된 행동이었다. 다리를 움직여 쏜살같이 물 위로 올라갔다. 물 위로 고개를 내민 브라이언이 있는 곳은 정형재와 케이블이 새장처럼 얽혀 있는 비행기 안이었다. 물 위로 빠져 나오면서 머리가 브래킷*에 부딪쳤다. 브라이언은 브래킷에 매달린 채 헐떡거리며 조종사의 모습을 지우려고 발버둥쳤다. 조종사의 모습은 좀처럼 지워지지 않았다. 시간이 지나도 조종사의 모습을 완전히 잊을 수는 없을 거라고 생각했다.

---

*브래킷(bracket) : 선반의 널빤지를 받치기 위해 버티어 놓는 직각 삼각형으로 된 물건.

호수 기슭을 바라보았다. 나무와 새들이 보였다. 은신처 너머로 지는 해는 황금빛으로 빛나고 있었다. 기침을 멈추고 저녁의 평화로운 소리에 귀를 기울였다. 새들이 지저귀고 나무들 사이로 산들바람이 불었다.

거친 호흡이 진정되면서 차츰 마음이 가라앉았다. 하지만 일을 끝내려면 아직 멀었다. 생존 가방은 옆에 떠 있었지만 비행기에서 꺼내 뗏목에 실어야 했다. 그리고 나서는 호수 기슭까지 뗏목을 밀고 가야만 했다.

정형재 사이로 몸을 빼내 뗏목을 잡아당겼다. 비행기에 들어갈 때보다 나올 때가 더 힘들었다. 생존 가방은 마음먹은 대로 움직이지 않았다. 가방은 비행기를 떠나고 싶지 않은 것 같았다. 가방을 획 하고 잡아당겨 보기도 했지만 빠져 나오지 않았다. 가방의 모양을 바꿔야만 했다. 옆에서 잡아당기고 눌러 내용물을 다시 배열하면서 가방을 길고 홀쭉하게 만들었다. 그래도 가방은 빠져 나오지 않았다. 가방 모서리를 조금씩 잡아당겼다. 가방을 찌그러뜨려 빼내는 수밖에 없었다.

가방을 빼내는 데는 시간이 많이 걸렸다. 마침내 가방을 빼내 뗏목에 묶었을 때는 주위가 어둑어둑했다. 물 속에서 하루 종일 일하느라 기진맥진한데다 추위가 뼛속까지 스며들었다. 하지만 호수 기슭까지 뗏목을 밀고 가는 일이 남아 있었다.

뗏목을 밀거나 끌면서 호수 기슭까지 지름길로 가려고 했다. 하지만 가방을 실어서 무거워지기도 했고, 비행기에서 일하느라 지쳐 뗏목을 미는 게 쉽지 않았다. 뗏목에 매달리기도 하면서 쉬지 않고 헤엄쳤다.

한참이 지나고 나서야 호수 바닥에 발이 닿았다. 진흙 바닥을 발로 차며 뗏목을 호수 기슭으로 밀었다. 너무 피곤해서 일어설 수도 없었다. 엉금엉금 기어가야만 했다. 피곤한 나머지 성난 벌 떼처럼 달려드는 모기 떼에는 신경도 쓰지 못했다.

'마침내 해냈어.'

몸을 돌려 호수에 다리를 담근 채 기슭에 앉았다. 가방을 들 힘도 없어 은신처까지 질질 끌고 가야만 했다. 세 시간 가까이 어둠 속에서 가방을 끌면서 힘에 부쳐 넘어지기도 했다. 브라이언은 모기 떼를 쫓으며 발과 무릎으로 기어 은신처까지 가방을 끌고 갔다. 가방을 끌고 오느라 출입문 앞에 모래가 수북하게 쌓였다. 지친 브라이언은 가방 위로 쓰러져 잠이 들었다.

마침내 브라이언은 비행기에서 생존 가방을 꺼내는 데 성공했다.

19

생존 가방의 내용물을 확인한 브라이언은 자신의 눈을 의심하지 않을 수 없었다.

지난밤 브라이언은 기진맥진해서 은신처 벽에 기댄 채 잠들었다. 물에서 하루 종일 일했기 때문에 견딜 수 없을 정도로 피곤했다. 모기 떼도, 밤도, 다른 어느 것도 신경 쓰지 않고 깊은 잠에 빠져들었다. 그리고 어슴푸레한 새벽에 눈을 뜨고 가방을 열자 놀라운 물건들이 쏟아졌다.

먼저 등산용 침낭을 꺼내 은신처 지붕 위에 널어 놓았다. 기포 매트리스, 네 개의 작은 냄비와 두 개의 프라이팬이 있는 알루미늄 취사 도구 —취사 도구에는 포크와 칼, 숟가락도 들어 있었다— 성냥과 두 개의 소형 라이터가 들어 있는 방수 용기, 손잡이에 나침반이 있는 작은 칼…….

'나침반이 여기서 무슨 소용이 있을까?'

브라이언의 입가에 웃음이 번졌다.

붕대와 소독 연고, 작은 가위가 들어 있는 구급 약품 세트. 앞쪽에 커다란 글씨로 '세스나'라는 글귀가 적힌 모자.

'웬 모자야?'

브라이언은 고개를 갸우뚱거리다가 크기를 조절하여 모자를 썼다.

네 개의 낚싯줄, 한 다스의 소형 미끼, 낚싯바늘, 추가 들어 있는 낚시 세트.

믿기 힘든 재산이었다. 축제일이나 생일에 받은 선물을 몽땅 모아 놓은 것 같았다. 지난밤 쓰러져 잠들었던 출입문 옆에 앉아 한 번에 한 개씩 가방에서 선물을 꺼내 찬찬히 살펴보았다. 햇빛에 비추며 돌려 보기도 하고 만져 보기도 하면서 자세히 살펴보았다.

용도를 알 수 없는 물건이 나왔다. 부서진 것처럼 보이는 물건은 부피가 큰 라이플 총의 개머리판이었다. 손으로 잡고 흔들자 덜커덕거리는 소리가 났다. 가방에 있는 다른 물건에 쓰는 것이라고 생각하며 한쪽으로 치워 놓으려고 했다. 하지만 개머리판을 만지작거릴 때 뚜껑이 열리면서 총신, 탄창, 조립 부품, 삽탄자, 50발의 총알이 든 박스가 나왔다. 그건 자전거 부품을 사러 스포츠 용품 가게에 갔을 때 본 적이 있는 22구경 생존 라이플 총이었다. 그 때 총신은 개머리판에 끼워져 있었다. 브라이언은 라이플 총을 가져 본 적도, 쏴 본 적도 없었다. 물론 텔레비전에서 본 적은 있었다. 잠시 뒤, 개머리판에 기계

176

장치를 끼워 넣고 총알이 가득 들어 있는 삽탄자를 기계 장치에 밀어 넣었다.

라이플 총이 모습을 드러내자 이상한 느낌이 들었다. 라이플 총은 브라이언과 주변에 있는 모든 것들 사이를 갈라 놓는 것 같았다. 라이플 총이 없었을 때는 숲 속 생활에 적응하고, 일부분이 되고, 이해하고, 이용해야만 했다. 하지만 라이플 총이 있다면 숲 속 생활을 두려워하거나 알려고 노력할 필요가 없었다. 바보 새를 죽이기 위해 가까이 다가설 필요도 없었다. 또 바보 새를 쳐다보지 않고 옆으로 걸어가는 척할 때 바보 새가 도망가지 않는다는 걸 알 필요도 없었다.

라이플 총은 브라이언을 바꿔 놓을 것이다. 라이플 총을 집어 들면서 이상한 느낌이 들었다. 라이플 총을 조심스럽게 벽에 기대 놓았다. 이상한 느낌에 대해서는 나중에 곰곰이 생각해 보기로 했다. 모닥불이 꺼졌다. 라이터와 자작나무 껍질, 나뭇가지로 다시 불을 피웠다. 라이터로 불을 피우면서 불 피우는 게 너무 쉬워 놀랐다. 하지만 라이터는 브라이언이 어디에 있고, 무엇을 해야 하는지 고민할 기회를 빼앗아 간다는 생각이 들었다. 라이터만 있으면 어떻게 불을 지펴야 할지 고민할 필요가 없었다. 라이플 총을 보면서 느꼈던 것처럼, 이러한 변화를 좋아할 수 있을지 알 수 없었다.

'뒤죽박죽이야.'

생존 가방에 들어 있는 내용물은 분명히 놀라운 물건들이지

177

만, 바로 그 물건들 때문에 모든 게 뒤죽박죽이 되어 버린 느낌이었다.

모닥불이 타오르며 시커먼 연기가 은신처 위로 빠져 나갔다. 송진 냄새가 나는 두꺼운 나무가 타오르는 걸 지켜보다가 다시 가방 쪽으로 몸을 돌렸다. 맨 나중에 꺼내려고 아껴 둔 음식 포장을 샅샅이 뒤졌다.

음식 포장 사이에서 플라스틱 가방에 들어 있는 소형 전자 장치를 발견했다. 처음에는 라디오나 녹음기일 거라고 생각했다. 그 동안 듣지 못했던 음악과 사람 목소리를 들을 수 있을 거라는 기대에 가슴이 부풀었다. 하지만 플라스틱 가방 안에 들어 있는 건 라디오나 녹음기가 아니었다. 전자 장치 옆에는 돌돌 감긴 전선이 테이프로 고정되어 있었다. 테이프를 뜯자 길이가 90센티미터쯤 되는 안테나가 모습을 드러냈다. 스피커나 조명은 없었고, 맨 위에 작은 스위치가 달려 있었다. 마침내 바닥에 적힌 작은 글씨를 발견했다.

'비상 송신기.'

스위치를 앞뒤로 몇 번이나 돌려 보았지만 아무 소리도 들리지 않았다. 송신기는 불시착할 때의 충격으로 고장난 것 같았다. 라이플 총과 마찬가지로 송신기를 벽에 기대 놓고 다시 가방으로 고개를 돌렸다.

비누 두 장.

호수에서 줄곧 목욕을 했지만 비누는 없었다.

'비누로 머리를 감으면 근사할 거야.'

때와 재가 쌓이고, 바람과 햇빛으로 곱슬곱슬해지고, 물고기와 바보 새의 기름으로 헝클어진 머리카락은 엉망이었다. 들러붙고 헝클어진 머리카락은 제멋대로 자라서 한데 엉켜 있었다. 구급 약품 세트에 있는 가위로 머리카락을 자르고, 비누로 머리를 감을 수 있게 되었다.

마지막으로 음식을 확인하는 순서였다.

음식은 모두 냉동 건조 식품이었다.

'충분해. 이 정도의 음식이라면 여기서 언제까지라도 살 수 있을 거야.'

포장된 음식을 하나씩 꺼냈다. 감자를 곁들인 쇠고기 정식, 치즈와 국수 정식, 닭고기 정식, 달걀과 감자 아침 식사, 과일 믹스, 음료수 믹스, 디저트 믹스……. 셀 수 없을 만큼 많은 정식과 아침 식사가 방수 봉지에 포장된 채 온전한 모습을 유지하고 있었다. 포장된 음식을 모두 꺼내 벽에 쌓았다.

음식이 먹고 싶어 견딜 수 없었던 브라이언은 다시 음식들을 살폈다.

'아껴 먹으면 필요할 때까지 먹을 수 있을 거야. 아껴 먹기만 한다면……. 아냐, 아직은 아냐. 아직까진 아껴 먹지 않아도 돼. 먼저 잔치를 벌이는 거야. 잔치 음식을 장만해서 배불리 먹는 거야. 그리고 나서 아껴 먹어도 돼.'

브라이언은 음식들을 쌓아 둔 곳으로 걸어가 오렌지 주스와

복숭아 휘프*를 곁들인 쇠고기 정식을 잔치 음식으로 골랐다. 포장지에는 물을 붓고 정상적인 크기가 될 때까지 30분 이상 조리하라고 적혀 있었다.

호수로 가서 알루미늄 냄비에 물을 담아 모닥불로 돌아왔다. 물을 냄비에 담아 옮길 수 있다는 게 놀라웠다. 그렇게 간단한 일을 거의 두 달 동안 할 수 없었다. 물의 양을 가늠하고는 쇠고기 정식과 복숭아 휘프를 냄비에 넣고 끓였다. 그리고 호수로 가서 오렌지 주스에 넣을 물을 떠 왔다.

주스는 달고 톡 쏘는 맛이 났다. 너무 맛있어서 한숨에 들이켤 수 없었다. 주스를 입 속에 넣고는 혀로 천천히 맛보았다. 입 속에서 우물거리다가 꿀꺽 삼키고는 다시 주스를 한 입 마셨다.

'좋아.'

다시 호수로 가서 물을 떠 와 오렌지 주스를 만들었다. 한 입에 주스를 마시고는 세 번째 주스를 들고 모닥불 옆에 앉았다. 쇠고기 정식이 끓으면서 나는 진한 냄새를 맡으며 호수 건너편을 바라보았다. 쇠고기 정식에는 마늘과 다른 양념들이 들어 있었다. 집에서 어머니가 요리할 때 부엌에서 나던 진한 냄새가 떠올랐다. 머릿속이 집 생각으로 가득 차고, 음식 냄새를 맡으며 가슴이 부풀어오르는 순간이었다.

그 때 갑자기 비행기가 나타났다.

*휘프(whip) : 생크림과 달걀 흰자 따위를 거품을 내서 만든 디저트.

180

순식간에 일어난 일이었다. 낮게 윙윙거리는 소리가 들렸지만 이전에 그랬던 것처럼 확실하게 들리지는 않았다. 그러다가 갑자기 머리 위에서 굉음이 들리더니, 등성이 뒤쪽에서 플롯이 달린 변경 운항 비행기가 나타났다.

비행기는 브라이언의 머리 위를 낮게 지나쳤고, 호수에 떠오른 비행기 꼬리 위로 급격하게 날개를 기울였다. 비행기는 속도를 줄이고 L자형 호수의 긴 쪽을 향해 활공했다. 방향을 돌린 비행기가 호수에 착륙하면서 수면 위를 한두 번 부드럽게 스쳤다. 물보라를 일으킨 비행기는 은신처 앞쪽에 있는 호숫가에 멈췄다.

모든 일이 순식간에 일어났다. 브라이언은 꼼짝도 하지 않았다. 오렌지 주스가 들어 있는 냄비를 손에 든 채 비행기를 쳐다보면서 그저 멍하니 앉아 있었다. 무슨 일이 일어난 건지 알 수 없었다. 이제 모든 상황이 끝났다는 걸 알아차리지 못했다.

조종사는 엔진을 끄고 문을 열었다. 비행기에서 나온 조종사는 균형을 잡으면서 플롯 위로 걸음을 옮기더니, 호수에 발을 적시지 않고 모래 위로 뛰어내렸다. 조종사는 선글라스를 벗고 머리를 치켜세우며 브라이언을 쳐다보았다.

"네가 보낸 비상 송신기 신호를 들었어. 그리고 여길 지나면서 호수에 떠 있는 비행기도 보았고……."

조종사의 목소리가 점점 작아졌다. 조종사는 머리를 젖히고 브라이언을 유심히 살폈다.

"맙소사. 네가 걔지? 한 달 전, 아니 거의 두 달 전에 실종됐던…… 네가 바로 그 아이지……?"

브라이언은 자리에서 일어났지만 여전히 오렌지 주스를 손에 든 채 말을 잃었다. 혀가 입천장에 달라붙은 것 같았고 목구멍이 제대로 움직이지 않았다. 브라이언은 조종사와 비행기를 번갈아 쳐다보다가 자신의 몸을 살펴보았다. 더럽고, 지저분하고, 그을리고, 야위고, 언짢은 모습이었다. 브라이언은 헛기침을 하고 나서 말했다.

"난 브라이언 로브슨이에요."

그 때 쇠고기 정식과 복숭아 휘프가 끓는 게 보였다. 브라이언이 손으로 음식을 가리키며 말했다.

"좀 드실래요?"

에필로그

갑자기 호수에 내려앉은 조종사는 크리족 덫사냥 캠프의 위치를 파악하던 모피 구매자였다. 조종사는 브라이언이 켜 놓은 비상 송신기 신호를 듣고 호수로 날아온 것이었다. 크리족은 가을과 겨울철에 캠프를 옮기면서 덫을 놓고, 구매자들은 모피를 사기 위해 크리족의 캠프를 정기적으로 운항했다.

구조될 당시 브라이언은 L자형 호수 근처에서 54일 동안 혼자서 지냈다. 그 동안 브라이언의 몸무게는 많이 줄었다. 나중에 조금 늘긴 했지만 군살은 더 이상 생기지 않았다. 브라이언은 필요 없는 살을 모두 뺐고, 구조된 이후에도 몇 년 동안 마른 몸매를 유지했다.

많은 변화들이 오랫동안 계속되었다. 브라이언은 무슨 일이 일어나면 신중하게 살펴보고 나서 반응하는 능력을 얻었다. 그런 능력은 죽을 때까지 계속되었다. 브라이언은 사려 깊은 사람이 되었는데, 그 때 이후로 말하기 전에 충분히 생각하는 습관을 갖게 되었다. 또한 모든 음식을 경이로운 눈으로 바라보게 되었다. 다시 집으로 돌아온 뒤 몇 년 동안은 식료품 가게 앞에 멈춰 서서 길게 늘어선 음식들을 바라보며 놀라곤 했다.

또 브라이언은 혼자 지내는 동안 알게 된 것들에 대해 확인하고 싶은 욕심이 생겼다. 구조되고 나서 자신이 숲 속에서 보았던 동물이나 열매에 대해 알아보기 위해 자료를 찾아보았다. 끔찍한 버찌는 산벚나무 열매로, 근사한 젤리의 원료가 되는 열매였다. 바보 새가 숨었던 열매 달린 덤불은 개암 덤불이었다. 두 종류의 토끼는 눈신토끼와 솜꼬리토끼였다. 바보 새는 목도리뇌조였는데, 사냥꾼들은 그 새가 멍청하다고 바보 암탉이라고 부르기도 했다. 작은 물고기들은 블루길과 선피시, 퍼치였다. 거북 알은 생각했던 대로 늑대거북의 알이었다. 회색 늑대는 삼림 지대에 사는 이리였는데, 사람을 공격하거나 괴롭히지 않는 것으로 알려져 있었다. 큰 사슴은 그냥 큰 사슴이었다.

브라이언은 구조되고 나서 호수가 등장하는 꿈을 자주 꾸었다. 캐나다 정부는 사람들을 보내 조종사의 시신을 찾아 왔다. 취재 기자도 동행해 은신처 주변의 모습을 사진과 영화 필름에 생생하게 담았다. 잠깐 동안 언론에서는 브라이언에게 큰 관심을 보였다. 브라이언은 몇 개의 방송국에서 인터뷰를 하기도 했지만, 열광적인 관심은 두세 달이 지나자 잠잠해졌다. '완전한 모험'이라는 제목으로 책을 쓰고 싶다는 작가가 나타났지만 결국 허풍으로 밝혀졌다. 브라이언은 여전히 방송국에서 사진과 테이프를 받는데, 그걸 보는 날이면 꿈을 꾸곤 했다. 악몽은 아니었지만 꿈을 꾸다가 잠에서 깨곤 했다. 잠에서 깨어나서는 호수, 숲, 한밤의 모닥불, 밤에 지저귀던 새, 호수 위로 솟구치던 물고기 들을 생각했다. 그런 생각들은 불쾌하지 않았고 언제까지라도 기분 나쁘지 않을 것 같았다.

어떤 일에 대해 가정해 보는 건 대부분 쓸모 없는 일이지만, 브라이언이 그 때 구조되지 않았다면 어떻게 되었을지 생각해 보는 건 재미있을 것이다. 브라이언이 늦가을이나 겨울까지 그 곳에서 지내야 했다면 견디기 힘들었을 것이다. 호수가 얼면 물고기를 잡을 수 없게 되고, 눈이 많이 쌓이면 움직이는 것도 쉽지 않을 것이다. 언뜻 생각할 때, 가을에 낙엽이 지면 사냥감을 찾기가 쉬울 것 같지만 겨울이 되면 사냥감은 드물어진다. 더구나 여우, 스라소니, 늑대, 올빼미, 족제비, 담비, 흰털발제비, 코요테와 같은 약탈자들이 사냥감들이 살고 있는 지역을 급습하므로 사냥감이 남아나지 않을 수도 있다. 믿기 어려운 사실이지만 단 한 마리의 올빼미가 두세 달 만에 한 지역에 사는 목도리뇌조와 토끼를 전멸시킬 수도 있다.

브라이언이 살아서 돌아오자, 브라이언의 부모님은 놀라움과 기쁨에 휩싸인 채 진짜로 다시 부부가 된 것 같은 모습이었다. 하지만 일 주일이 지나자 모든 상황이 눈 깜짝할 사이에 이전의 모습으로 되돌아갔다. 아버지는 북부 유전으로 돌아갔고, 어머니는 도시에서 살면서 부동산 매매 중개소에서 일했다. 물론 어머니는 스테이션 왜건에 타고 있던 남자를 계속 만났다.

브라이언은 몇 번이나 아버지에게 말하려고 했다. 한 번은 거의 말할 뻔하기도 했다. 하지만 결국 스테이션 왜건에 타고 있었던 남자와 자신이 알고 있는 비밀을 털어놓지는 않았다.

손도끼

2001년 3월 28일 1판 1쇄
2024년 5월 10일 1판 44쇄

지은이 게리 폴슨
옮긴이 김민석

편집 아동청소년문학팀
제작 박흥기 | **마케팅** 이병규, 김수진, 강효원
홍보 조민희

출력 블루엔 | **인쇄** 천일문화사 | **제책** J&D바인텍

펴낸이 강맑실
펴낸곳 (주)사계절출판사 | **등록** 제406-2003-034호
주소 (우)10881 경기도 파주시 회동길 252
전화 031)955-8588, 8558 | **전송** 마케팅부 031)955-8595 편집부 031)955-8596
홈페이지 www.sakyejul.net | **전자우편** literature@sakyejul.com
블로그 blog.naver.com/skjmail | **페이스북** facebook.com/sakyejulteen
인스타그램 instagram.com/sakyejul_teen

값은 뒤표지에 적혀 있습니다. 잘못 만든 책은 구입하신 서점에서 바꾸어 드립니다.
사계절출판사는 성장의 의미를 생각합니다. 사계절출판사는 독자 여러분의 의견에 늘 귀 기울이고 있습니다.

ISBN 978-89-7196-786-7 44840
ISBN 978-89-5828-473-4 (세트)